肉腳，就是容易輕言說出口，但又絕不輕言放棄；
連肉腳都辦得到的事，你一定也可以！

世界主題之旅

47

肉腳女生
搞笑 流浪記

文字：曾品蓁　插畫：江莉姍

太雅生活館

世界主題之旅 47

肉腳女生 搞笑流浪記

文　　字	曾品蓁
插　　畫	江莉姍
攝　　影	曾品蓁、江莉姍

總 編 輯	張芳玲
書系主編	謝樹華
美術設計	曾品蓁

太雅生活館出版社
TEL：(02)2880-7556　FAX：(02)2882-1026
E-mail：taiya@morningstar.com.tw
郵政信箱：台北市郵政53-1291號信箱
太雅網址：http://taiya.morningstar.com.tw
購書網址：http://www.morningstar.com.tw

發 行 所	太雅出版有限公司
	台北市111劍潭路13號2樓
	行政院新聞局局版台業字第五○○四號

承　　製	知己圖書股份有限公司
	台中市工業區30路1號　TEL：(04)2358-1803

總 經 銷	知己圖書股份有限公司
	台北公司 台北市羅斯福路二段95號4樓之3
	TEL：(02)2367-2044　FAX：(02)2363-5741
	台中公司 台中市工業區30路1號
	TEL：(04)2359-5819　FAX：(04)2359-5493

郵政劃撥	15060393
戶　　名	知己圖書股份有限公司

廣告刊登	太雅廣告部　(02)2880-7556
	E-mail: taiya@morningstar.com.tw

初　　版	西元2008年02月01日
定　　價	230 元

(本書如有破損或缺頁，請寄回本公司發行部更換；或撥讀者服務部專線04-23595819)

ISBN 978-986-6952-89-0
Published by TAIYA Publishing Co.,Ltd.
Printed in Taiwan

國家圖書館出版品預行編目資料

肉腳女生搞笑流浪記／曾品蓁文字.－－初版.
－－台北市：太雅, 2008.02
　面；　公分.－－（世界主題之旅：47）
ISBN 978-986-6952-89-0（平裝）

855　　　　　　　　　　96025064

CONTENTS
目錄

　　從鵝鑾鼻到富貴角，從街頭的加油聲中，我真真實實地領略了「風是有味道」的真意，對於我個人來說，有些事情若當下不去做，將來一定會有遺憾，這場汗水與熱情交織而成的旅途，有著他人無法體會的感受。從一開始的行前計畫、著裝，到頂著正午40度烈日在公路上揮汗奔馳、一路上為我們加油的民眾，相信我的感覺是品蓁與莉姍兩位能夠了解的。

　　我的青春鐵馬之行由鵝鑾鼻出發，品蓁與莉姍則由北向南開始了他們的環島旅程，或許是老天爺巧妙的安排，讓路線不同的彼此在行經屏東縣台十七線時，有了美麗的邂逅，經過初步的交談，我知道我們有著許多共通的信念，所以才產生了單車遠征之旅。

　　我們用一「輪」一腳印體驗台灣的美，用一擊掌一微笑串連台灣人的情感，台灣真的好美、台灣人真的好熱情、好善良、好勤奮，我們用單車

這個載具實際的邁出步伐，與鄉親們真實地互動，當我握著民眾堅定有力的手，獲得熱情真誠的擁抱，看著路邊搖下車窗與我揮手的民眾，濃濃的盛情，讓我們精神更加抖擻，這永遠是鼓勵我繼續向前的最大力量。

　　兩個年輕的女孩，乘著夢想踏著踏板，體驗這一路上的汗水、歡笑，以及台灣人的簡單、樸實、熱情、善良，相信這就是我所謂當下不做將來會後悔的事吧！

馬英九

江莉姍

動作慢

神經粗

天真到幾近腦殘

一受到慫恿

也不管自己幾斤幾兩

就傻傻的直說好

招牌撒嬌用語：哎唷

肚子餓要哎

爬坡要哎

撒嬌要哎

做錯事也要哎

反正

一哎打天下

曾品蓁

衝動
有幹勁
樂觀到無可救藥
滿腦子奇怪想法
毫不考慮成功機率
是否幾近零
仍一股腦門往前衝
成天耍寶兼搞笑
煩悶低落時要搞笑
無聊至極時要搞笑
極度疲勞時也要搞笑
反正
就是愛搞笑

意外的**啟程**

　　我們的環島計劃決定很無厘頭，可以說是莫名其妙就硬上路。這一切只能說，無可救藥配腦殘，真是一拍即合。

　　「找一天，我下高雄去找妳，我們再一塊騎單車去墾丁玩如何？」，我在msn裡問小姍。

　　「好呀好呀！我也很想這麼做呢！」，小姍顯得興趣盎然。

　　就這樣，兩人開心的一來一往聊起我們的墾丁計劃。

　　「乁～我們會不會騎的太高興，結果一路騎到台東花蓮去？」我天外飛來一筆的問她。

　　「有可能哦！這樣也很讚吔！」，小姍一想到東台灣的美景，就整個人陷入夢幻中。於是，我們馬上就將終點站，從墾丁一下子改到花蓮。

　　持續在msn上熱烈討論著兩天，兩個不知天高地厚的傢伙，突發奇想的：既然都上路了乾脆直接環島算了。就這樣，兩個沒有什麼騎乘經驗的肉腳，竟然什麼後果都不想就決定要環島，而且時間還訂在兩個星期後。

　　所有的設備能借的借，能ㄠ的ㄠ。當設備及傢私都備妥，基本換胎功夫也學成下山後，我們兩個開心的像要去遠足的小朋友，一點都不知道前方的路尚需披荊斬棘。人都是會挑順耳的聽，那個什麼「你們兩個沒經驗會很辛苦哦！」、「兩個女生會太危險～」之類的話，很快就消失在風中。「練什麼呀～邊騎邊練囉！」不知是誰的「鼓勵」在耳邊響起，除了這對味的話撫得我們心癢癢外，阿扁的經典台詞「有那麼嚴重嗎？」，似乎也對我們造成鼓勵作用。

　　就是嘛～想那麼多幹嘛，上路就是了唷！

阮来衝啦！

　　很輕快自然的答應品蓁要單車環島，沒有半點猶豫，反而是很開心她提出了很久以前我想做，卻因為種種原因而沒去實踐的傻夢。四月底，時間逐漸逼近，我一邊蒐集資料和品蓁討論，一邊對自己飼料雞的體力不斷懷疑。明知未來大量消耗體能的單車生活可能會讓我哭天喊地，仍然一付志在必成的樣子。

　　決定環島之後，我腦中經常浮現一段美好的畫面：我們在東海岸悠閒的騎著單車，時而停下來畫圖拍照，時而閱讀寫筆記，或興起呈大字型的躺在草地上享受陽光與微風……想像中的藍圖實在優美的不得了，讓我有股馬上要出發的衝動。

　　想像和現實總有一大段差距，這樣説太過保守，應該是説有如天堂與地獄般的差別。不管面對的是炎炎酷日，還是狂風暴雨，也不管走的是泥濘小徑，還是要人命的上坡路段，總之都要乖乖領受，這實在跟「悠閒」兩字扯不上一點關係。況且一整天的騎乘，讓我們在休息時累到只想呼呼大睡，根本提不起勁畫畫及閱讀，這一切只不過是我天真的幻想罷了！

　　打從第一天，要騎出台北盆地的龜山路段，就讓我「哎唷～」聲響徹雲霄。以飼料雞自稱的我，才開始體認到我們的環島之行可是玩真的。這讓我開始擔心了起來，但即然都已經上路了，不管三七二十一硬著頭皮也要撐下去，肉腳也要向前衝啦～

江新姍

肉腳的專業裝備

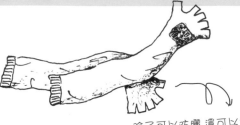

鋼盔一定要

防曬防塵兼遮羞

除了可以防曬,還可以拿來給人簽名.

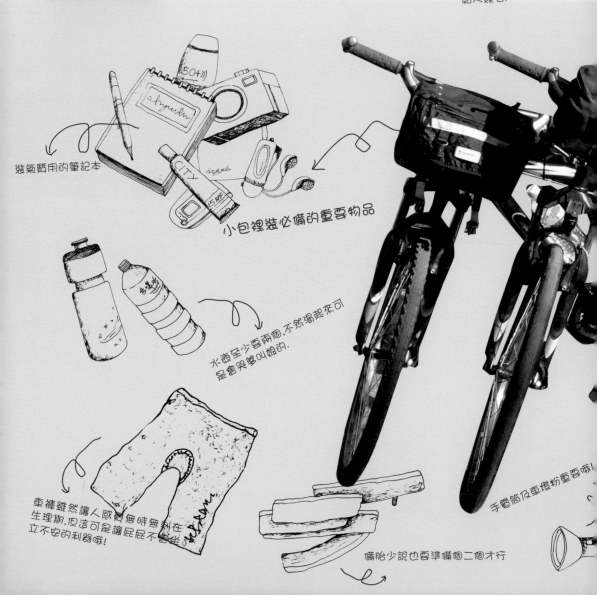

裝氣質用的筆記本

小包裡裝必備的重要物品

水壺至少要兩個,不然渴起來可是會哭爹叫娘的.

車褲雖然讓人感覺無時無刻在生理期,但這可是讓屁屁不會坐立不安的利器哦!

備胎少說也要準備個二個才行

手電筒及車燈粉重要哦!

藥膏貼布必備

換洗衣服及盥洗用品

金門藥膏

BENGAY

雲南

米路貿中

伸縮勾繩除固定行李外,
還可以拿來曬衣服.

GIANT

防盜鎖肯定要,這樣才能
安心呼呼大睡.

藍白防水布,打地鋪的專業配備.

流浪地圖

- 總里程:1043.2K
- 總天數:18天
- 總花費:4500(每人)
- 爆胎次數:3次

到中壢要吃吃古早餅

十八天總共走了1043公里

中和

中壢　　　台北縣　　　大里

大里有個大里天公廟可以投宿哦

新竹　桃園縣

小蔡新竹的家

新竹縣　宜蘭縣

苗栗縣

清水有好吃的米糕哦

清水　台中縣　花蓮縣

花蓮

彰化縣　南投縣

連續三天大雨只好坐火車到宜蘭囉

虎尾　光復

雲林縣

第一次爆胎的地方

嘉義縣

到光復肯定要到糖廠吃冰

這一路上都有好吃的便當啦

台南縣　台東縣　關山

永康　高雄縣

往永康路上有好多西瓜攤

台東的鐵馬道

屏東縣

高雄

小姍的高雄家　大武

美麗的東灣台海岸線

車城

墾丁

巧遇小馬哥上電視囉

台灣的至南端鵝鑾鼻

踩著踏板去流浪

大紅馬鞍袋

為了節省開支，環島所需的設備，想盡辦法能借的借，能ㄠ的ㄠ。而在這一場死皮賴臉的廝殺中，小姍徹底的勝出。不過，我卻有個她沒有的超級利器⋯⋯

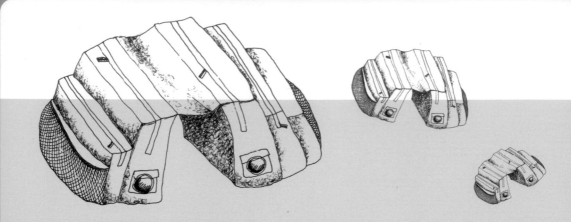

　　為了盡量節省開支，環島所需的設備，我們兩個想盡辦法能借的借，能幺的幺，真的借不到也幺不來的，再花點錢添購。在這一場死皮賴臉的廝殺中，小姍徹底的勝出。什麼都沒有的她，硬是借到了一整組的腳踏車配備：輪胎已經由原本的登山胎換成了阻力小的公路胎，連上坡時方便出力的牛角也加裝好，除了有舒適的座墊、車頭燈及尾燈，還有實用的車頭置物架。更誇張的是，她連備胎都一併「借」來了。小姍除了將車子換上新的剎車皮及加裝簡易車架外，就僅僅再添購一件車褲而已。

　　相較之下，我則苦情多了。原本就有腳踏車的我，光是換公路胎及加裝超級無敵貴的車架（因車型關係，只能加裝那型的車架），就花上比小姍足足多一倍的費用。剛開始我還在擔心沒有車子的她會嚴重透支，結果到最後竟然是我超出預算。不過，欣慰的是，我擁有了一個小姍沒能借到的東西──超級好用大紅馬鞍袋。從好友小游手上拿到這個斬新的馬鞍袋時，心中油然昇起一股小小的驕傲感。雖然這個市價僅數百元而已，換個胎就不止那個價，但這個大紅馬鞍袋所提供的便利性，可就不是用金錢來衡量的了。

　　每日漱洗後最重要的一件事就是打包行李，而打包技巧的好壞攸關速度與方便性。馬鞍袋兩側各有一個大袋子，大袋子旁還有小分袋，小分袋外側還有網袋。這些大大小小的分袋，讓我在打包行李時，可以很清楚的分門別類塞好，隨時要拿的東西就放在最外側的袋子，其他較重的行李則塞在主袋內。所有行李全數塞入後，再用手秤一下重量看有沒有平均就大功告成。

沒有借到這個超級利器的小姍，帶了一只簡易背包還有一個向我ㄠ來的袋子。打包的步驟就是將所有物品塞入，然後拉上拉鍊。要拿某樣東西時用手伸進去東撈西抓的，有時撈不著則必須將整個袋子倒出來翻找。倒出跟塞入倒不是什麼大問題，麻煩的是背包上架時的步驟。裝上馬鞍袋很容易，幾個扣環扣緊即可。但要將背包牢牢固定住，不會在騎乘時不小心掉下來或飛出去，則需要一些技巧了。

輕輕鬆鬆兩個步驟就固定好了。

動作太慢，賠笑臉的小姍。

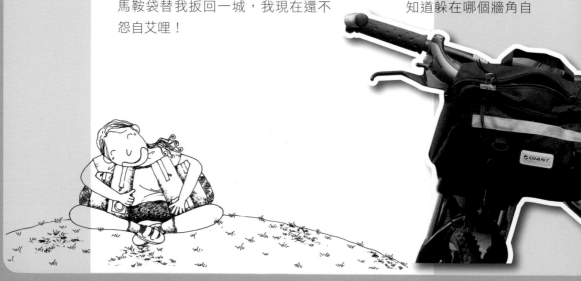

← 要露餡囉！

　　綑綁背包最重要的工具，就是一條兩端有勾環的伸縮繩。先將一端勾住行李架的某一處後，再將兩個背包疊放在一起，然後正反、左右、上下的，用伸縮繩緊緊的、牢牢的，還有狠狠的綑綁住，我們稱這個動作為包肉粽。好不容易固定好，倘若途中要拿裡頭的某樣東西，那可是會讓人千百般不願意無奈到極點呀！包肉粽需要的除了智慧外，還需要勇健的蠻力。每天不厭其煩的綑綁，讓小姍包肉粽包出心得，不僅包的順手又紮實穩當，簡直可以成為專家了，不過專家也還是會有凸槌的狀況發生。

　　有一回，騎著騎著聽到刷刷刷的怪聲音，一開始還以為是旁邊的摩托車騎士發出來的，但周圍的摩托車一輛輛過去了聲音卻仍在。我仔細一看才發現，小姍行李架上的肉粽，已經整個往後輪方向倒。而我借她的那個袋子磨到了輪胎，再晚一點發現的話這個肉粽就要露餡了。在努力協助她重新綑肉粽的同時，我不禁小小的又開始驕傲起來，並由衷的感謝小游相借的這個便利馬鞍袋。說真的，要不是這個馬鞍袋替我扳回一城，我現在還不知道躲在哪個牆角自怨自艾哩！

逗陣打地鋪

無論是熙熙攘攘的大街、開放式的公園草地、路邊木椅綠蔭下，還是警局學校的，我們都一樣睡的香甜舒服，睡到不想起床……

　　雖說五月是梅雨季，但沿途遇上雨淋的機會不多，倒是經常發生被烈日曬得昏天暗地的慘況。只要太陽公公露臉，基本上上午十點後就不適合在戶外走動，更別提揮汗騎車了。然而，一直要到下午二點，甚至三點以後，才適合繼續上路。所以這中間四個小時，就成了我們光明正大的休息時間。

　　四個小時足足有半天之長，一開始我們還熱血澎湃計劃著，如何有效利用這空檔。除了用餐、午休外，我們有充份的時間寫筆記、畫畫。「我打算一天至少畫一張畫。」小姍這麼說著。我腦海裡隨即浮現兩人坐在微風輕拂的樹蔭或涼亭下，面對著湛藍的海水、古樸的老街舊巷，亦或是寬潤的稻田，安安靜靜的一人作畫一人書寫。這是多麼浪漫且美好的事呀！不過，現實生活總和想像的有一大段距離。

　　每當騎到飢腸轆轆、兩眼昏花，第一個想到的就是趕快吞飯，再大口暢飲，然後找個地方好好睡上一覺。什麼寫筆記、畫畫，總是放到最後面。「等我睡起來，有精神有感覺時再來畫。」小姍總是這麼說著。結果，這一睡就不是短短三十分鐘的事了。我們從一小時起跳，到一個半小時，然後二小時，甚至可以睡上二個半小時。再加上賴床、漱洗及整理裝備，四個小時有時還顯得不太足夠。

　　在我們的第一次野外午睡，獻給了湖口老街後，就發現防水布的重要性。很多時候，除了衛生條件堪憂外，同時適合兩人躺下的地方也不容易找尋。於是到了新竹後，趕緊跟弟弟要了張雙人床king size的防水布。拿到這個超級裝備，頓時覺得好像有那麼一回事的感覺，自信滿滿的正式展開專業的打地鋪生活。

　　睡午覺最棒的地點，無疑是學校。除了到處可以找到陰涼處外，還有洗手台、廁所及飲水機等設備，可以說應有盡有。不過，只能在假日沒有學生上課時，才有辦法在學校打地鋪。較麻煩的是，有些學校根本不對外開放。但有時候真累了，也實在找不到其它更好地方休息時，也只能厚著臉皮，硬是說睡就睡，在鹿港就是一個這樣的例子。

　　觀光區實在很難可以找到安靜又不被打擾的地方，我們找來找去好不容易找到鹿港國小。此時非假日，有學生正在上課，但我們顧不了這麼多，只想趕快找地方休息。繞了一圈，正門側門後門通通深鎖，正失望時，看見大門的側邊有塊涼蔭處。更明確的說法是，校門口圍牆的側邊連著一間小廟，而這牆角正好曬不到太陽。雖然位於大馬路上，但這角落有變電箱遮擋，還算是有一點「隱密」性。

　　「好棒哦！這裡還有洗手台。」，小姍開心的分享著她的發現。
　　「就這裡吧！」，我説完便把腳踏車直接牽上紅磚道上。隨即，拿出防水布鋪在地上。兩人二話不説，各自喬了個舒服的姿勢就香甜入睡。

　　三點整，學校傳來下課鐘響，沒一會大門出來了幾個打掃的小朋友。一位負責打掃這一區的小妹妹，拿著掃帚又害怕又好奇的朝我們走近。

「你們怎麼睡這裡呀？」，小妹妹問完連忙又跑走，隨即招了更多的同學前來。小朋友們擠在大門旁偷看我們，一邊竊竊私語、一邊咯咯傻笑。不管我們怎麼喚他們，始終就是不敢過來。小腦袋瓜可能在想著，這兩個大姐姐怎麼流落街頭呀！他們可能把我們與怪人劃上等號吧！

　　沒多久，少女的祈禱旋律響起，垃圾車來了，附近的民眾也紛紛追跑出來。一位年邁的阿嬤在倒垃圾時看見我們，她那好像發現什麼大事的神情，著實可愛。阿嬤倒完垃圾馬上進屋把兒子喚出來，好讓兒子來了解一下「狀況」。不知怎麼的，大剌剌睡在馬路上的我們，應該是要感到不好意思的，但我們似乎相當的怡然自得，完全沒有一點害臊之意。離開前我們還大方的向對街二樓，一個一直在偷看我們的伯伯揮手再見。反倒是老伯得知我們發現後連忙跳進屋裡，過了幾秒才又搔著頭害羞的向我們招手。大多時候，看在我們是環島的份上，很多人也就見怪不怪了。

　　睡午覺是我們很重要的項目，也是每日必要的行程之一。除了學校、公園綠地，我們還睡過警察局、甚至原住民的瞭望台。當然不是每次剛好都找得到舒適處，在沒有適當之地，又熱到不行時，便利商店則是我們最好的朋友，有冷氣有桌椅還有好聽的流行音樂，趴著睡也相當開心。

　　「你怎麼都沒畫畫？我想拍你作畫的樣子哩！」我問。
　　「哎唷～」，小姍使出招牌撒嬌用語。
　　「很累吔，累了就沒FU啦～」她說。

　　結果，環島結束了，她一張也沒畫。不怪她，因為我也和她一樣，累了只想睡。而且，無論是大街、公園草地、學校還是路邊木椅，我們都一樣睡的香甜舒服，而且還睡到不想起床。這樣的打地鋪方式，著實讓環島行增添不少趣味及難得的體驗。

　　「我們有當流浪漢的潛質哦！」小姍說。
　　「是呀，打地鋪才有FU啦～你說是吧！」我笑著回。

在墾丁大街上有間特別的警察局，整間警局的外牆是用各式塑膠卡片拼貼裝飾而成的。色彩繽紛的可愛圖樣，成了墾丁大街另一處風景。警局的院內設置了一個民眾休息區，這木製的涼亭除了提供遮風蔽雨外，竟然還有插座可以使用。不過，躺在涼亭裡的長木椅上，需要運用一些小技巧，才能讓自己安穩的睡在上頭不會掉下來。

　　非假日的湖口老街，遊客與吵雜聲同時褪去，留下的是老街的深沈與古樸。看著鄰居搖著扇子，坐在門前矮椅子上話家常、兩老趁空檔將棉被拿出來晾曬、爺爺奶奶們享受含貽弄孫的天倫之樂，還有紅磚門廊下傳出來的，野薑花粽子的飄香及熟悉親切的客家音。在這樣的時段與空間，擇一塊有樹蔭、微風，又有蟲鳴鳥叫的角落休息，好好咀嚼旅行的況味。

正逢假日沒有學生上課的通霄國中，大門敞開可任意入內。我們找到一處理想的空地，拿出防水布鋪在地上，把車子鎖好後，便不管三七二十一躺下。地面透上來的沁涼，再加上微風徐徐吹來，讓炎熱難挨的正午，變得平易近人、舒服安適了。

處處綠意的嘉義市立文化局，提供了置身在熱鬧都市的我們，一個可以休憩的場所。雖然是開放空間，但身後有大樹擋著，左邊有腳踏車遮住視線，旁人需要走近才有辦法直視。再加上炎熱的正午時刻，這裡幾乎沒有什麼民眾，整個草地景觀如我們獨享般。稍微可惜的是，身後這顆榕樹枝葉不夠茂密，我們僅能有小範圍的綠蔭。而日頭會位移，等我們睡醒後，小姍己經完全曝晒在太陽底下啦。

不管是「有7-11～真好～」還是「全家就是你家」，省道上的便利商店，幾乎都會貼心的設置桌椅供來客休息。不僅吃喝、上廁所方便外，還可以享受超強冷氣及流行音樂。最重要的是，這些便利商店還是來往旅行者的「情報交換中心」哦！

三十七度的高溫，讓人兩眼昏花、四肢無力。放眼望去一小塊遮蔭處也沒有，我們兩個幾乎快抵擋不了陣陣熱浪的侵襲。就在快絕望時，眼前出現了一座原住民的瞭望台，像溺水者找到浮木般，我們衝上前去直撲二樓。高度隔絕了地熱，拂面的微風涼爽許多，伴隨著來往司機大哥們的加油聲，我們安適入睡。

墓仔埔也敢去

騎著騎著小姍突然向我靠近，然後用
點驚恐的聲音喊著我的名字，聽得我
身都起雞皮疙瘩，感覺有什麼怪事要
生……

　　往彰化前進的路上，兩人很隨意的邊騎邊拍照一派悠閒，彼此誰也沒有刻意要等誰，反正同一條路停停走走，總會兜在一塊。但騎著騎著小姍突然向我靠近，然後用有點驚恐的聲音喊著「蓁～」，聽到那一聲「蓁～」，我全身都起雞皮疙瘩，感覺有什麼怪事要發生了，連忙停了下來。

　　「我一直聽到怪聲音吔～」，她有點驚慌失措。
　　「什麼怪聲音？」我故作鎮定的問。
　　「就咔嚓咔嚓的聲音，你沒聽到嗎？」
　　「沒有呀～」，我心裡開始毛了起來。

　　這一路上不是墳墓、就是無人居住荒廢的傳統屋舍。大白天的我們對於墳墓不甚在意，而那些破舊的老房了則被我們認為是極致的風景。但心裡一起了疙瘩後，這些原本讓人驚豔的廢墟，突然變的陰森恐怖。

　　除了風聲之外，小姍堅持她還聽到了怪聲音。而那怪聲音仔細聽來很像拍照的「咔擦」聲，而且是每騎一小段就出現。她在描述這段時，我才發現我們停留的地方正好在一幢破敗、看起來很有歷史的老宅前。我開始覺得頭皮發麻，感覺全身毛細孔都在緊張。

　　「該不會有人偷拍我吧！」，小姍吐出這麼一句話。
　　「拜託～誰要偷拍你呀～」，原本有些害怕的我，頓時失聲大笑，笑她的想像力太豐富。
　　「哎唷～就聽起來很像呀！」小姍害羞的說。

　　笑歸笑，心裡還是覺得有些不舒服，再加上眼前這幢老宅越看越荒涼，既然查不出原因，至少先離開這裡再說，再騎一段看看好了。

　　就這樣，小姍伴隨著我聽不到的咔嚓聲繼續往前騎。突然間，一個突起的地面讓小姍閃避不及硬是騎了上去，這一震動把前面的包包整個給震下來飛了出去。我連忙回頭幫忙撿拾散落的物品，幸好包包裡的ipod毫髮無傷，不過耳機就沒那麼好運了。整個耳機被扯下來摔在地上，上頭的外蓋、小零件通通都不見，僅剩耳機外殼的殘骸。

「怎麼會這樣啦～」
「可能是我沒卡好，才會摔下來。」
「那就好，我還以為卡筍壞掉，那就麻煩了。」
「厚～你塞太多東西在這裡了啦。難怪卡不住！」，拿起這個頗有重量的包包我才發現，她塞了這麼多東西在這裡頭。「搞不好那個聲音是袋子太重磨擦到下方燈座的關係啦！」

　　我們兩個重新整理包包，把用不到及有些重量的東西先塞到別處，再仔仔細細卡好後重新上路。
「真的也～沒有咔嚓聲了～」小姍如釋重負的說，對於她剛才的舉動，我真不知該說什麼。不過，路邊的那一幢幢廢墟，突然間又變得迷人起來了。

摸乳巷的洗禮

來到摸乳巷這個極富盛名的景點，小妹
的腦袋瓜不知在想什麼，竟然提議牽車
過摸乳巷。這下好了，讓我們兩個一時
間進退兩難⋯⋯

在鹿港古鎮隨意漫遊時，不知不覺我們走過桂花巷，造訪了九曲巷、意樓。最後，還意外看到了摸乳巷的指示牌。

「摸乳巷耶～」，小姍興奮的指著指示牌大喊。

「我們去看看吧！」，我也開心的附和。

依照著指小我們順利來到了這個極富盛名的景點，一到這裡，小姍的腦袋瓜不知在想什麼，竟然提議牽車過摸乳巷。

「看起米寬度好像過得去耶！」小姍說。

「過不去吧！摸乳巷很窄耶」，我忍不住潑她冷水。

「不會啦，看起來真的過的去。」

我對於她的突發奇想是不感興趣的，但她在我後方一直督促著我快點行動，再加上以目視判斷，似乎好像真的過的去，於是我就牽著車緩緩前進。沒想到還真的過的去耶！我開心的回頭打算跟小姍分享這個消息時，正好聽到她的大聲警告。

「蓁～你的馬鞍袋太胖了，最外側的網袋可能會磨破！」，她喊叫的同時，我聽到了馬鞍袋磨過磚牆的刷刷聲。

「啊～完了完了～不知道有沒有破，我還要還給小游耶～」我大叫。

擔心歸擔心，但我們還是忍不住笑了出來。在發笑的同時，小姍又突然叫了一聲，「啊！我的牛角卡住了啦！」。我們兩個簡直是糗到極點，

看來摸乳巷是過不去，我們只好小心翼翼往後退出。「厚～這是什麼主意啦！是誰說要牽車過摸乳巷的啦～」，我邊笑邊抱怨。

退出來後，我連忙檢查馬鞍袋。糟了！馬鞍袋真的被磨出二個洞了。更慘的是，除了網袋被磨破外，還有一些小傷口。每日將馬鞍袋塞的過飽的情況下，造成接縫的兩側有一點裂開。雖然只有一點點，但只要一想起我從小游手中接過來的是閃亮斬新的馬鞍袋，還回去時竟然是又破又舊還有傷口的破袋，我就覺得非常不好意思。

醜媳婦總還是要見公婆，環島結束後我鼓起勇氣，將洗的閃亮亮的馬鞍袋，重新交回小游手上。

「小游～那個～馬鞍袋有正常使用痕跡吧～」，我囁囁嚅嚅的說。

「什麼正常使用痕跡？」小游不以為意的問。

「就是～」，我指著馬鞍袋最不嚴重的傷口說，「像這樣子的。」

「沒關係啦，又不會怎樣，這是正常的呀！」小游豪氣的說。

「還有～這個～」，我指著小小裂開處連忙解釋著，「東西太重，又每天塞來塞去，一時不查就變成這樣子了。」

「厚～這有什麼關係！你在客氣什麼啦！」，小游用手肘三八推了我一下補一句，「唉唷～一點都不像你了。」

「還有～」，最後我鼓起勇氣，準備將網袋拿給他看。

「還有什麼？怎麼越講越多。」，小游開始覺得事有蹊蹺。

「這個網袋不小心磨破了。」，我簡單帶過並沒有把糗事講出來。

「厚！又沒關係。」，小游又推了我一下，「三八哩！」

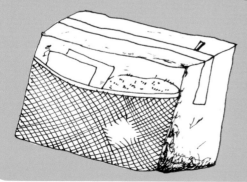

果然好朋友就是好朋友，夠義氣！我頓時心情輕鬆不少。我步行回家時才想起方才巷內暗暗的，小游應該是看不清楚的。不知會不會在進屋後，才在明亮的燈光下看馬鞍袋的全貌及慘樣，然後開始咒罵我呀？

摸乳巷的洗禮

踩著踏板去流浪

天天馬殺雞

那種被按的痛感及快感交雜，說不清是難受還是舒服。經常是痛的咬著牙，卻直叫對方不要停手……

好舒服哦！

「大腿好緊哦！」
「我也是吔！而且還很漲痛。」
「厚～昨天按摩那麼久也沒用。」
「今天再來貼多點藥膏試試好了。」

　　每天早上啟程時總是哎聲四起，雙腿不是緊蹦就是漲痛到難受至極，踩踏時都有種強烈的無力感，讓人不由得擔心自己的雙腿會不會報廢。總是需要一段時間的熱身，才能稍微有所好轉。開始了機械式的騎乘後，總有身輕如燕健步如飛的錯覺，鼻子都不由得越仰越高。但一停下來，疼痛感就會馬上湧現，才知道原來身體只是短暫性的麻痺，苦難根本沒有結束。

　　每天抵達住宿點時，總是疲累不堪，只想快點到房內休息。但一整日長時間的騎乘，經常會出現「手不能彎，腳不能折」的悲慘狀況。總得要慢慢先做些舒展操，來減緩一下疼痛才能開始「動手動腳」。每次在拆卸行李時，好不容易咬著牙蹲下下去了，站起來又是一陣搥心肝的折磨。

　　上下樓實在是件痛苦萬分的事，每一個抬腿都幾乎是殺千刀的痛，可以說是舉步艱難疼痛難挨。好死不死的是，我們和三樓又特別的有緣，要求的便宜房間幾乎都是在三樓以上。為了省錢及不想來回奔波兩趟，也只能硬著頭皮，努力將所有行李扛在身上，一鼓作氣的直奔上樓。

　　每天晚上我們累攤的倒在床上，先將雙腿倒掛在牆上，讓血液倒流消除腫脹，

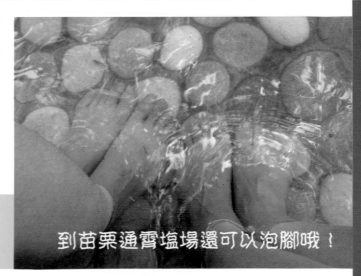

到苗栗通霄塩場還可以泡腳哦！

救郎哦！

然後再彼此互相按摩。身體己經極度疲勞了，根本沒有多餘的力氣，用手施力去按摩。聰明的我們想了個輕鬆省力，又可以輕易按到痛點的按摩方式。那就是一人在床尾趴下，另一人半坐在床頭，然後用腳跟的力氣去踩壓趴下者的背及腿部。這樣的按摩方式，讓雙方可以邊看電視邊馬殺雞。

「哎唷！我的媽呀～」
「厚～輕一點啦！」
「左邊一點，對啦，就是那裡。」
「很痛吔～再輕一點啦！」
「我累了，換你啦！」

　　每天晚上的按摩時間，就是兩人又愛又恨的時刻。那種被按的痛感及快感交雜，說不清是難受還是舒服。經常是痛的咬著牙，卻直叫對方不要停手。十八天裡每晚互相按摩、互貼藥膏，搞的哀聲連連淒慘無比。身體雖然承受這般的痛楚，但心理卻從不埋怨這趟旅程，因為這樣的體驗也算是一種難得呀！

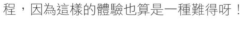

移動曬衣架

將未乾的上衣、車褲，還有內衣褲，通通都披掛在單車的行李架上。走到哪曬到哪，這就是我們的烘衣殺手鐧……

每日找到下榻處的第一件事，就是褪去
身上所有的惡臭衣服，狠狠的清潔一番。清洗
不是問題，但晾曬就有些麻煩了。沒有洗衣機可以脱
水，更不可能會有烘衣機可以烘乾，所有濕淋淋的衣
物，只能盡可能的使出蠻力扭乾，然後想辦法在小小
的房內找尋可以披掛的地方。

　　口罩、袖套、襪子、上衣、褲子、毛巾，還有內
衣褲等等，這兩人份的濕衣服，要在有限空間裡晾曬
實屬困難。什麼桌子、椅子、門把，甚至床緣，只要
有一丁點可以披掛的地方就完全會被濕衣物佔滿。如
果有幸住到的旅社是鋪有木頭地板的，那麼整間房
內的地板都會被我們善加利用，根本不用愁曬衣的問
題。

　　即便將所有濕衣物找到了可以晾曬的地方，並不
代表著次日醒來，我們就可以開開心心迎接乾爽的一
天。很多時候衣物僅僅呈半乾狀態，若就這樣塞入行
李中，肯定會發臭及滋生霉菌。半乾的袖套、口罩及
襪子倒不成問題，在豔陽高照的大太陽底下騎乘，
這些充滿濕氣的衣物，輕風吹來反而讓人覺得十分涼
爽。但其他的衣物，如貼身衣物，若要濕著穿，不僅
不舒服而且還相當不衛生。

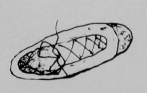

　　長時間騎乘單車，如何保護後臀
是件極重要的事。小姍和我特別
準備了一件車褲，一種專門為

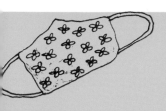

單車騎士設計，在臀部的地方加裝了一塊厚的軟墊的褲子。這塊軟墊讓我們感覺好像無時無刻都在生理期，而且那前後凸起圓圓的一塊極為明顯。經常在問路時，就有路人猛盯著那裡瞧，讓人尷尬萬分。不過，也幸好有這塊軟墊，才讓我倆沒有發生「坐立不安」的窘況。

　　但厚厚的軟墊實在很難風乾。每次洗完要特地翻過來，扭乾後再用乾毛巾吸水氣，然後放在房間內最通風處風乾，這些步驟一個都不能少。雖然經過一整晚的晾曬，但要全乾幾乎是不太可能，八分乾就算相當成功。因為腳踏車上黑色椅墊會吸熱，沒一會兒就可以燙乾，所以不成問題。但如果車褲還很潮濕，那就不得不使出我們的殺手鐧了。

　　每日出發前，就將那些未乾的上衣、車褲，還有內衣褲，通通都披掛在單車的行李架上，然後用一條兩端有勾環的伸縮繩固定住。走到哪曬到哪，這就是我們的無敵利器─移動曬衣架。當然，我們不會將令人難為情的內衣褲，就這樣大剌剌的隨風飄揚。我們會小心翼翼的包覆在毛巾裡，再仔仔細細固定好，不讓它有不小心掉出來晃啊晃的機會。

　　每次停下來休息時，除了補充水分、塗抹防曬外，就是要將這些衣物翻面晾曬。這樣來回幾次後，就可以乾的相當透徹。遇到小馬哥的那天，我的車後正曬著衣物。一位記者還特別給我的單車來個由上至下的特寫，結果新聞一播出，我那件室內穿的花色四角褲，就這樣在一整天的連播下，不小心跟全國民眾SAY HELLO了。幸好畫面一閃而過，幾乎沒有什麼人注意到那是什麼東西，不然這回就真的糗大了呀！

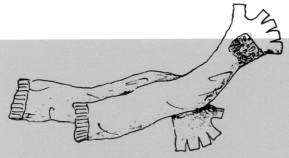

能吃是福

三餐越吃越多，肚子餓的感覺也越來越頻繁，面對我們日益增大的食量，著實是種莫大的隱憂………

好吃的清水米糕及乾麵

　　習慣睡到中午才起床的我，總是差不多下午二點才開始進食第一餐。踏上環島之路開始，每天都要比以往早起，上路前還要將早餐用畢。這麼早的時間就要用餐，對於還沒開胃的我來說，要塞入任何東西實在有點困難。不過，才上路沒幾天，早餐的內容就從勉強塞入一個蛋餅，到一次吃二個蛋餅，然後一個烤吐司三明治外加一個蛋餅，甚至連吃二個烤吐司三明治。

　　這趟環島行是臨時之舉，因為臨時所以沒有任何預算。如此拮据的情況下，在食衣住行各方面上，都必須儘量做到能省則省。交通方面，靠我們二條粗勇的腿不用花半毛錢，比較令人擔心就是食與宿的花費了。「宿」絕對是一大筆開銷，所以我們盡可能的找親友家，或者是警察局或廟宇等免費的地方投宿。當然安全重要，若真的找不到免費住宿，就只好花錢找便宜的小旅社。

　　必要的住宿費跑不掉，我們只能在吃的方面盡量做控制。補充水份很重要，算一算光是買水的錢就相當可觀。厚臉皮的我們，想到了完全不花錢的喝水方法，那就是去警察局或公家機關裝水。就這樣，我們環島十八天從沒花錢買過一瓶水，就連去親友家叨擾，除了白吃白住外，臨出門還把水也一併補滿。

　　水錢省下來了，但面對我們日益增大的食量，著實是種莫大的隱憂。我們決定能吃飯就不點麵，吃的充足才不會一下子就肚子餓。不過飯也是有分，俗擱大碗的魯肉飯是首選，要不便當要不蛋炒飯，反正就是專挑最便宜的下

湖口老街的客家板條

手。但，早餐卻越吃越多，肚子餓的感覺也越來越頻繁，以致午餐時間可以說是一天比一天提早來到。

記得有一回行經富里農會時，突然聞到一陣便當香，同時間兩個人都停下來。異口同聲喊著「好香哦～」。受不了誘惑的我們，動了想吃的念頭。但當時還不到九點半，距吃午餐時間也太早了些。不過，我們還是忍不住上前去問問。

「有耶，他們說現在有便當！」小姍眉開眼笑的說。
「那我們現在吃一個，再各別帶一個上路吧！」我說。
「好呀，好呀，我也這樣想。」，沒想到小姍也和我一樣貪心。

提早動了想吃的念頭就算了，還想要「有吃攔有拿」，我們兩個真是誇張到極點。雖然事後沒有真的再買個便當上路，但有那個念頭滋生就足以讓人不好意思了。

「我們足有運動啦！」
「對呀，不是我們會吃，是因為有運動才這樣的。」

每次又忍不住想吃時，我們就會找一堆理由來自我催眠，要不就把「能吃是福」這種論調搬出來。真不知這種自欺欺人的作法，能瞞的了誰呀！

蓁的排骨看起來粉好吃ㄟ

流浪到警局

為了貫徹我們白吃白喝白住的最高原則,除了死皮賴臉投宿沿路親友家外,學校、寺廟,甚至警察局也列入名單中……

　　為了貫徹我們白吃白喝白住的最高原則，除了死皮賴臉投宿沿路親友家外，學校、寺廟，甚至警察局也列入名單中。找警察局投宿，聽起來似乎是不太可行的，不過網路上已有不少人分享成功經驗，讓我倆也躍躍欲試。兩人決定這回環島，肯定要住上一回才行。

　　我們的「流浪到警局」首航是在嘉義的新營分局，本想著在這樣的小鄉鎮，要投宿警察局應該很容易。但沒想到，新營比我們想像的還熱鬧許多，而且沒幾步就一間旅社。這下好了，如果硬要說太晚了我們找不到地方住，這種爛理由也未免太扯，哪個警察會相信。但已經決定的事，再怎麼樣也要試了再說。很快的，我們順利找到一間警局，但卻沒想到……

　　「這個警察局未免也太大了吧！」，看到五、六層高、佔地寬廣且燈火通明的警察局，我心都涼了一半。

　　「對呀，不知道行不行的通，要怎麼開口呀？」小姍沒信心的說。

　　「我們就直問警察伯伯可不可以在警局裡打地鋪好了。」

　　「那他如果說不行呢？我們要怎麼回呀？」

　　「那我們就在門口打地鋪，反正這裡是二十四小時的嘛，燈又亮著，又有警察留守，很安全。」

　　「嗯～搞不好看我們這樣，最後不忍心或覺得有礙觀瞻，又主動請我們進去。」

　　「是呀，就算沒有，在門口打地鋪又不犯法，警察也不能怎樣。」

墾丁大街的警局很窩心哦！

　　兩個人很無厘頭的亂討論著，還情境摸擬一番。雖然講的一付很理直氣壯，但誰都沒有勇氣上前去説。原本英勇的環島女騎士突然變得很卒仔，你推我我推你的，誰都不好意思開口，就這樣杵在警察局對街十幾分鐘。

　　突然警察局裡走出二個警察，還筆直對我們走過來，兩人心虛到不行。「難道他們發現我們，主動上前來問嗎？」我輕聲對小姍説。如果真是這樣，那希望就大很多。原來警察的機車停在我們後面，他們是要來牽車的。在錯身時，我們二個不知怎麼的突然忍不住笑了出來，同時警察也回頭看我們。

　　「你們是環島厚，台北來的厚～」其中一個警察問。真是聰明的警察呀，想必他們也猜得到伐們在這裡的目的吧！我們趁乘追擊聊起天來，並且把內容都引到投宿這個話題上。
　　「恁今仔日要騎到叨？」
　　「新營呀～累了天嘛黑仔。」
　　「阿恁要住叨？」

　　終於問到重點了，我們兩個互看了一眼，然後我就伸長手，直直的指著警局大門。我和小姍拚命憋住笑意，心想再怎麼樣，我們也要裝得可憐兮兮才行。

　　「看ㄟ賽在警察局打地鋪嘸～」我説。
　　兩位警察頓時楞住幾秒後才回神，「無方便啦～這附近有旅社呀！」

糟了！

这間警局看起來機會不大哩！

唉！無望！

「阮環島啦，要省錢啦～」小姍可憐的說。

「我知恁要省錢，不過，無方便啦～」警察有些為難的說，然後又補了句，「裡面攏是查甫，實在無方便。」

我們兩個不死心又繼續「盧」了一會，最後其中一位警察輕聲跟伙伴討論說，「某安呢～阮開樓上那間給因住」，但得到的回應仍是搖頭。

「某～恁企問警察局。」，那位堅持不可以的警察靈機一動的說。

這回輪到我們二個傻眼，「阿，你這不是警察局嘛？」小姍回。警察怎麼要我們去問警察局，那我們眼前這間是什麼。

「我是講總局啦～」，他趕快解釋著。然後又說我們可以去住太子廟，甚至都幫我們打電話聯絡確認好有空房，但太子廟在三、四公里外，我們才不要摸黑離開市區去住什麼太子廟。看來，我們的計劃是失敗的，也不好再為難他們了，於是便道謝離去。

「可能要小一點的警局，機會比較大吧！」

「我想也是，越都市的越不容易吧！畢竟小旅社隨便找也有。」

那今晚怎麼辦呢？後來我們試了總局，但仍被拒絕，幸好找到四百元一間的小旅社投宿。

「好累哦，都快十點了。」

「對呀，白搭了這麼久」

兩人躺在床上倒吊著酸痛的兩條腿，雖然疲累，但回想和警察們的對話，兩個人抑制不住的狂笑一番。「乾脆下回就不要問，直接在門口打地鋪。」，「好呀！好呀！」………半夢半醒間兩人繼續反覆討論著下回的策略與話術。

PART-2
換個招數也絕不輕言放棄

　　行經花蓮大富社區時，後輪突然爆胎，這是當天的第二次爆胎，同一輛車同一個輪胎。而且是完全性的洩氣，想牽一小段都怕會傷到輪框的那種。傍晚五時，雖然天色猶亮，但這樣一耽擱，晚些肯定又要摸黑夜騎。不過，我們倒是一點也不會覺得喪氣，相反的還為這突如其來的爆胎，感到興奮不已，甚至覺得這是老天爺刻意的安排呢！

　　爆胎的地方說巧不巧，就在一間警察局前面，而這間警局看起來極為乾淨溫馨。這個社區的戶數不多，且除了一間小雜貨店外，沒有其它商家。再加上這裡有著「前不著村後不著店」的優勢。依經驗研判這地形、位置及情況後，我們一致認為在警察局前爆胎這真是天助我也。「看來，這回有希望囉～」，我們開心的手舞足蹈，幾乎認定今晚下榻處就是這了。

　　我們大方在警察局門口，將車子橫倒在地，並盡可能的將物品散落各地，就是要刻意把陣仗弄的很大。小姍還藉故走進警局詢問有沒有打氣筒，好讓裡頭的人知道我們的狀況。如我們期待的，局內的警察紛紛前來關心。「爆胎了唷？怎麼辦？你們有備胎嗎？」，一個問完下個又問。對於每一個前來的警察，我們都儘可能的和他們聊天攀關係。天還未黑，我們用最緩慢的速度換胎，想多拖延一點時間。換胎的同時，我們兩個還輪流進去警局借廁所，觀察一下地形。

　　「裡頭好像沒有民眾休息區耶，不過，有一間堆雜物的空房，有空間可以讓我們打地鋪。」我輕聲對小姍說。

　　「有啦，只是民眾休息區是開放的，還有沙發哩！要不然，在旁邊那個角落也不錯。」，小姍也將她的發現分享出來。看來，適合打地鋪的地方可多了，我不禁竊喜。

這間警局看起來有家的味道哦！

飲水機在這裡

　　換好胎時天色也「剛好」暗下來，我們兩個彼此使一下眼色，準備著手進行我們第二階段的計劃。「我們可以買泡麵，坐在裡頭吃嗎？」，小姍用她極為甜美的聲音詢問警察。這事也只有她辦的來，因為我太粗壯了，看起來一點都不需要任何同情與幫助的樣子。「沒問題呀，你們去買。我來幫你們熱開水。」值班警察說。

　　「哈，今晚肯定成功的啦！」我開懷的說。
　　「對呀，好開心哦！」，小姍眉開眼笑的附和我。

　　買泡麵的路上，我們為即將得逞的詭計而開心不已。回到警局，我們將車子停在停車場，心裡想著已有九成九今晚住這沒問題，差點把行李也卸下來，一塊提進去。不過為了不讓警察發現我們的動機，還是保守一點把戲演完再說。邊看電視邊吃泡麵的同時，還與值班警察討論著時事。我看時機差不多了，用手肘推推小姍，暗示她該進行第三階段。

假看電視之名，行商量
對策之實的兩人。

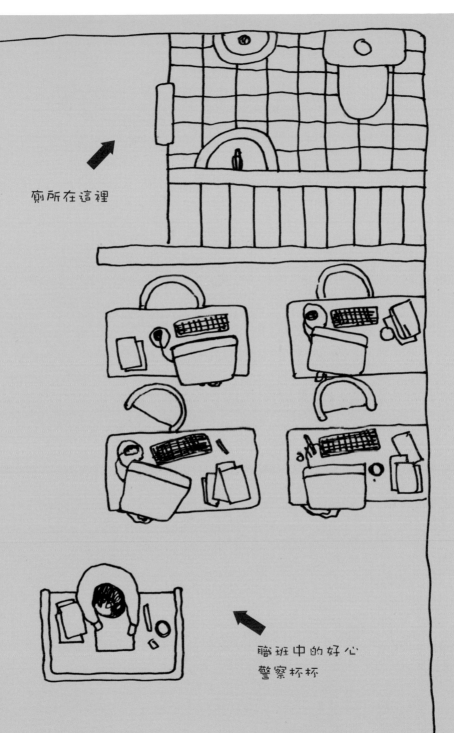

廁所在這裡

睦班中的好心
警察杯杯

再一次，秋風掃落葉～

又擱無望！

「我們晚上可以在這裡打地鋪嗎？」，警察走到大門口張望時，小姍追上前問。在她問話的同時，我邊收拾桌面邊四處查看今晚可以睡的地方。

「不行吔！不方便。」，沒想到那個熱情如火、善解人意又極為貼心的警察伯伯，竟然這麼回答。

我沒有聽錯吧？！連忙凍結所有動作再仔細聆聽。「我們這裡不是二十四小時的啦～而且，以前也有這樣的例子但出了事，所以上面有開會決定以後都不能留宿啦。」他解釋著。小姍垂著頭回來，證明了我的確沒誤聽。這真是晴天霹靂呀！簡直像齣荒誕的連續劇，那不合邏輯的劇情急轉直下。唉～用盡心機搞了這麼久，結果還是白搭。

「你們騎到光復去，那裡有很多旅社。光復離這裡不遠，只有八、九公里。」

不管我們如何「釋放」很累已經騎不動的訊息，值班警察似乎都「接收不良」。好吧！這回只能認了，兩人摸摸鼻子垂著頭上路。雖然沿途有一些零星的路燈，但心裡還是有些不安。頭一回，兩輛車緊靠著前行，而且車速是有始以來最快的一次。不僅如此，兩人一邊猛騎，還一邊不停怨嘆……

「唉唷～下回要先搞清楚有沒有二十四小時啦～」

「對呀～要不，直接問到底能不能打地鋪，不然這樣會搞死人吔～」

「就是呀，累死了。」

「但警察不是應該樂於助人嗎？天黑了還硬要我們夜騎哦！」

「嘿呀～都不同情一下啦～」

　　偏僻鄉間的人比位於都會區的熱情些；天黑投宿會比大白天有説服力些；撒嬌的功力，女生比男生來得有魅力些；單刀直入肯定比拐彎抹角要誠懇些……這些我們「以為」的定論，一一被無情的推翻。幾次投宿警局的失敗經驗，讓我倆信心大失、挫敗不已。「我們警局裡都是男生，不方便啦～」，這個最常被當作拒絕理由的藉口，只要一丟出來，我們兩個也只能語塞。

　　國父革命十一次才成功，用手指頭算一算，我們反攻還不到五次，現在就言失敗也太早。至少也要奮力再搏個幾回，才能來論輸贏。綜合多次的失敗經驗，這回我們決定不再主動提及任何借宿及打地鋪的字眼，並且要徹底的實行厚臉皮政策。鎖定好警察局及前進路線後，我們先到附近的餐廳用餐休息，打算等到天一黑就馬上進攻。

　　雖然這裡是個小鎮，但鎮卜的警察局比我們想像中的還大上許多，感覺上成功機率並不高，但什麼事都説不準，總還是要試了才知道。兩人將車子停妥在警局門口後，佯裝借廁所及裝水的同時打探局內的虛實。我們表面故作鎮定，但內心其實心虛的不得了。

　　向值班人員道謝後我們並不離開，大刺刺坐在門口的階梯上，表面是翻閱地圖、討論行程及整理行李，實際上是討論局內的設置及適合打地鋪的角落。陸續有員警回來交班，他們雖對我們的出現有些疑惑與不解，但沒人前來詢問或驅趕。或許，他們都認為我們只是暫時休息一下罷了！

不管成不成功，先拍照做個紀念再說啦

「都沒有人問吔～」
「嗯！再等等好了，看他們會怎麼說。」
「好，不然就是等晚一點，我們在旁邊直接鋪著睡好了。」
「也行呀，反正都有人值班，挺安全的。」

　　這一坐就是一小時，對他們來說應該不再只是「暫時」休息一下了。
或許是我們看起來夠可憐，晚班值勤人員竟然主動邀我們入內休息，「進
來吧！在裡頭休息，裡面有桌椅比較舒服。」。我們開心的用最快的速度
把散落的物品，全部帶進警局裡。「由他們主動問，機率應該就高些。」
我輕聲對小姍說。

　　坐在這裡為民眾設置的休息區角落，我們大大方方的逕自做自己的
事，寫筆記、看書等。一派悠閒且怡然自得的，還差點要把咖啡拿出來
泡。反正，就是一副沒打算離開的樣子。

「其實，我們在這裡趴著睡，也可以呀！」小姍說，
「對呀，反正我們就一直賴著。」我回。

　　流了一天的汗，身體濕黏黏的很難受。我們悄悄的拿出牙刷和毛巾，
到廁所去簡單清潔一下。已經晚上九點多了，我們兩個都感到相當的疲
憊，不過我們打算再撐一會看看，就在眼睛快要掙不開時，一位員警朝我
們筆直走來。

在沙灘上比打地鋪要來的舒服多了，這實在是五星級的享受。

「你們有沒有盥洗用具？」他問。

「有！有盥洗用具！」我們連忙回答。看來計謀即將得逞開心極了。

「那你們今天要睡哪裡？」，想必他知道我們來此的目的。

「我們可不可以在這裡打地鋪呀？」，我們乘勝追擊裝可憐的問。

「在這裡打地鋪不好！」，沒想到他竟然這樣回答。不會吧！難道這回又失敗了嗎？就在淚水與鼻水要一併噴出時，他接著說「我開視廳教室給你們睡啦～」。

沒想到我們不屈不撓的精神，終於打動了警察的心。一時間眼眶含淚，心中有說不出的激動。看來我們比國父還厲害哦！我再次竊喜，但表面上我們仍裝的很鎮定，亦步亦趨的跟著他來到後方的交誼廳。他仔細的介紹一樓廁所及盥洗室位置後，帶我們登上位於二樓的視廳教室。大門打開的一剎那間，我們簡直不敢相信自己的好運。

視廳教室的空間非常的大，除了那張足足可以睡上三人的長沙發外，冷氣、電扇、冰箱、飲水機，甚至還有洗手台都　　　　　　應有盡有，簡直是VIP ROOM。沒想到我們死皮賴臉用盡各種方式，還真的成功讓我們住進警察局。有志者事竟成，竟然可以運用在這裡！洗了個舒服的澡後，兩人躺在沙發上，帶著微笑進入夢鄉。

有洗衣台可以使用實在是相當方便，我們將全身上下充滿汗臭的衣褲，狠狠清潔一番。

路上一事

哇哩咧爆胎

爆胎總是說來就來，事先完全無任何徵兆。不管是月黑風高還是大雷雨天，它完全不顧情面，想使性子時我們就得乖乖領受……

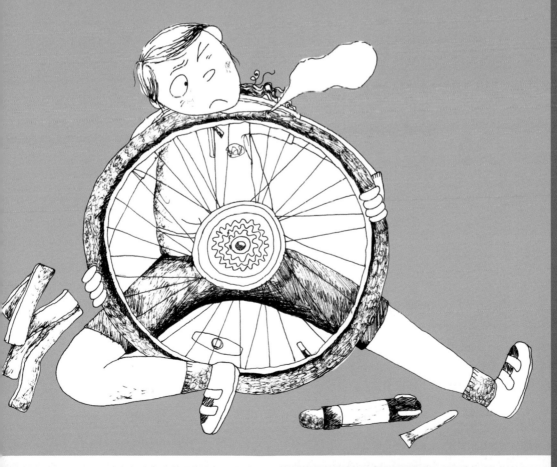

説好不夜騎不摸黑趕路的，但有時候情況使然我們沒得選擇。為了節省一晚的住宿費，時間雖不早，但兩人仍決定趕往位於雲林虎尾的朋友家。從鹿港離開已經近四點，經過溪湖糖廠時，又經不住糖廠枝仔冰的誘惑，這一停留把我們預留的時間都給用盡，正式準備趕路時已經五點十五分。

　　兩人拖著疲備的身子猛騎，説也奇怪，明明腳酸到不行，但兩人還是有辦法像裝上電動馬達一樣不停踩踏，而且在全速前進幾乎感覺不到腿疼。不過，只要一停下來又要重新「啟動」時，雙腿的酸痛感就會非常明顯、痛苦萬分。哀哀叫也要趕路呀，誰叫我們愛拖時間。

過了西螺大橋後天色漸漸暗下。我們一邊問路一邊找路，就在快抵朋友家時，突然間小姍發現車子不對勁，連忙下來查看。不會吧！這時候爆胎，未免也太幸運了。這裡是鄉間小路且人煙稀少，沒有路燈的情況下幾乎是伸手不見五指。我們倆牽著車子步行，正思忖要到哪換胎時，很幸運的，不遠的前方有

爆胎的搞笑姍

一間民宅開著燈，且民宅前有塊尚明亮的空地。

　　屋內的女主人前來關心，還主動問我們需不需要打氣筒。我們只有手動小打氣筒，都已經快餓暈的我們，想到要用小打氣筒打氣就不知道要花多少時間，當然是連忙回答要。不過，打氣筒在七公里外的公公家，她要我們等一下。

　　「這樣呀，那不用麻煩了！這樣不好意思。」

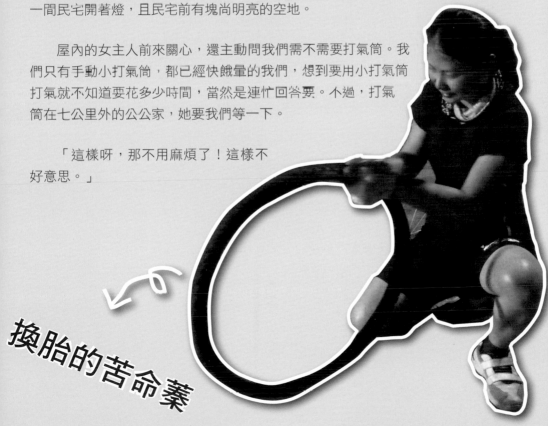

換胎的苦命蓁

「沒關係，他們剛好要過來。你們就等一下吧！」，女主人說完便進屋內。

我們將車子的後輪拆下，邊回想出發前學的換胎步驟邊實際操作，換低速檔、拆剎車線、轉開車輪卡筍、拆下車輪、內外胎分離、一直到抽出內胎都順順利利。我架勢十足的檢查外胎，看看還有沒有尖銳物留下。不過，怎麼摸也摸不到，那就必須檢查內胎，看是哪裡破洞了。但檢查內胎，需要邊打氣邊看哪裡漏氣，才有辦法檢查到破洞。

小打氣筒被我們塞在行李包裡，而行李又被小姍綑綁的相當結實，又累又餓的我們根本懶得拆開。在等待大打氣筒到來的空檔，我們兩個邊聊天邊拍照，裝模作樣的擺著各種換胎姿勢，一會假裝檢查內胎、一會摸摸外胎，兩人開心的像延誤到多晚都不擔心。

終於阿公阿嬤騎著摩托車，拿著打氣筒出現。而且還是腳踩的那種打氣筒，實在太幸運了。

「昧安咋？恁會補胎嘸？」阿公親切的問。

「會呀～阮有學過。」，小姍回答的很自在，但其實換胎的人是我。

「安呢唷，恁頭頭換我上樓去唸經。」，説完阿公阿嬤就上樓了。

開心的接過打氣筒將內胎充氣後，順利找到破洞的地方。我們研判是被碎玻璃刺到，還好玻璃已掉落，便安心的換上新的內胎。腳踩的打氣筒著實讓我們節省不少氣力，隨便踩幾下就充飽了。裝上後輪及剎車線，然後認真檢查一番，沒想到頭一回換胎就這麼順利實在開心。

向女主人道謝後，我們開心的朝朋友家前進。説是朋友家，但其實是朋友的媽媽家。小姍的朋友　　　Dama老家在虎尾，但她已經在高雄工作多年。當Dama得知我們　　　　　住雲林時，就力邀我們去住她虎尾的家。

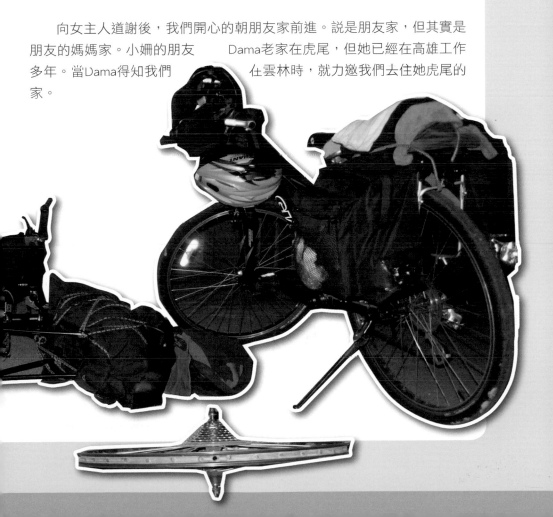

李媽媽聽了Dama説有朋友要來家裡住時的反應很可愛，她問「恁同學哪ㄟ某待某誌騎到阮叨？」。雖然這樣説，不過，李媽媽還是很熱情的接待我們，除了親切的問候外，還準備了熱騰騰的晚餐，及冰涼的自製檸檬紅茶。摸黑趕路遇上爆胎，能夠換來這溫馨的白吃白喝還白住，也實在太值得了。

　　爆胎總是説來就來，事先完全無任何徵兆。不管是月黑風高還是大雷雨天，它完全不顧情面，想使性子時我們就得乖乖領受。環島十八天中，我們總共爆胎三次。很剛好的是每次的爆胎地點，不是有打氣筒可借就是有空壓機可用，讓我們不用在極度疲憊時，還要吃力的去手動打氣。然而不管是在什麼情況下爆胎，我們兩個始終都不忘開心的拍照留念。騎單車環島沒遇上爆胎，就如同吃烤肉沒配上啤酒一樣，就是少了那麼一點樂趣，是吧！

小姍的第一滴淚

一路走來，無論是多艱難的爬坡路段，
還是多麼惡劣的氣候，我們從來沒有因
為身體負荷不了或心情沮喪而落淚。但
這回小姍卻忍不住哭了……

平時沒有什麼騎乘經驗的我們，打從決定環島那一刻開始，就已經做好萬全的心理準備：或許彼此會騎不動山路，然後在路邊累到哭起來；也或許我們會騎到雙腿疼痛到不行，然後委屈落淚。不過，這一路走來，無論是多艱難的爬坡路段，還是多麼惡劣的氣候，我們從來沒有因為身體負荷不了或心情沮喪而落淚。但這回小姍卻忍不住哭了，而我卻毫不知情。

　　行經雲林縣某一處車水馬龍的市區時，一個紅燈把我和小姍距離拉遠。我逕自前進但速度放的很緩慢，我們經常是這樣減速慢騎互相等對方的。騎了好一陣子，卻遲遲不見小姍的蹤影，於是我有些焦急的停在路邊等待。正準備回頭找她時，那熟悉的身影再度出現，這時我才鬆一口氣。

「你怎麼了？怎麼這麼久？」我問。
「我剛剛摔車了」小姍有些委屈的說。
我吃驚了一下，「有沒有事？還好吧？怎麼摔車的？」

我發了一連串的問題，逼問了前因後果。原來，在方才的那個馬路口綠燈亮起時，她起步沒多久就被一輛騎機車的阿伯撞倒。而那一位阿伯原本是騎在她左後方平行前進的，但沒想到他突然右轉，也沒有打任何方向燈，就這樣把閃避不及的小姍給撞倒了。幸好，這個路口有數位警察正在執勤，其中一位眼明手快扶住了單車，才沒讓車子往小姍身上壓過去。

扶起小姍的同時，警察還關心詢問她的狀況。但那位撞倒小姍的阿伯，則是一副急忙撇清的態度，先發制人的說，「我要右轉，你都沒有在注意啦！」。還在驚魂未定的小姍，聽了一肚子火，還來不及思索要不要反駁時，警察伯伯倒是先開口了，兇巴巴的幫她開罵，「右轉也不會打燈，還怪別人」。

「大腿很痛，但我也沒檢查，想說先趕上你再說呀！」小姍說。
「我肯定會等你嘛！」我擔心的追問「你確定沒受傷？」
「還好啦，應該就一點瘀青吧！」

小姍向我訴說這件事時，我並沒有察覺到她的異樣。一直到環島結束，她在部落格提起這段時，我才知道她哭了。

怕趕不上蓁，謝謝警察伯伯的關心後便繼續往前騎，上車騎沒兩步不知怎麼的很不爭氣的流下眼淚，想止住卻止不了，是多少複雜的情緒交集著沒去細想，還好騎著車、包著口罩沒人發現，眼淚迎著風很快就乾了。可惜蓁離我太遠，不然她肯定幫我把那個阿伯罵的狗血淋頭……

看著小姍大腿外側，那一大塊的紅腫瘀青，我能想像當時的她有多麼疼痛。外在的疼痛再加上心裡的委屈，而好友卻不知情的逕自騎在前頭，這交疊起來的複雜情緒，讓她忍不住落淚。沒能在即時替她伸張正義，我感到相當抱歉。不管是不是真會把阿伯罵的狗血淋頭，至少也要在她需要安慰的當下能夠在她身邊才是。「小姍，惜惜哦！」我在心裡這樣對她說。

巧遇小馬哥

往恆春半島前進的路上，我們遇上了一小群單車騎士。輕裝上陣的他們，說是要到佳冬去迎接馬英九。這時，我和小姍才知道，原來小馬哥也踏上環島之旅了……

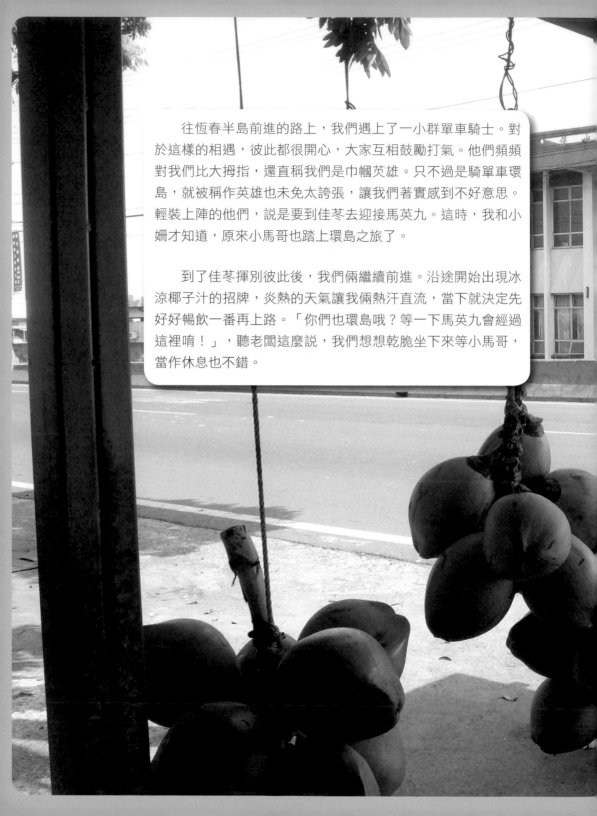

　　往恆春半島前進的路上，我們遇上了一小群單車騎士。對於這樣的相遇，彼此都很開心，大家互相鼓勵打氣。他們頻頻對我們比大拇指，還直稱我們是巾幗英雄。只不過是騎單車環島，就被稱作英雄也未免太誇張，讓我們著實感到不好意思。輕裝上陣的他們，說是要到佳冬去迎接馬英九。這時，我和小姍才知道，原來小馬哥也踏上環島之旅了。

　　到了佳冬揮別彼此後，我們倆繼續前進。沿途開始出現冰涼椰子汁的招牌，炎熱的天氣讓我倆熱汗直流，當下就決定先好好暢飲一番再上路。「你們也環島哦？等一下馬英九會經過這裡唷！」，聽老闆這麼說，我們想想乾脆坐下來等小馬哥，當作休息也不錯。

　　椰子汁喝完了，防曬油也仔仔細細擦滿厚厚一層，相機早就準備好擺在一旁隨時可以搶拍，卻仍遲遲不見小馬哥的蹤影。雖然這裡有遮蔭處但畢竟還是很悶熱，方才冰涼椰汁的功效早已煙消雲散。

　　「好熱哦，不知要等多久。」
　　「對呀，算了我們走吧，如果有緣就會在路上遇到。」

　　口罩、袖套及鴨舌帽等防曬措施全副武裝後我們再次上路。被太陽曬得兩眼昏花的我們，越來越沒有騎車的動力。但今天的目的地是車城，我們現在連三分之一都還沒有達到，再怎麼也必須再騎一段才能休息。

這個是小馬哥哦!

你拍我 我拍你!

　　行經東海時,對面車道來了一批身穿亮眼黃車衣的人馬。哇～肯定是小馬哥了!原本精神不濟的我們,頓時神清氣爽有勁極了。興奮的趕快停下來,用最快的速度拿出相機搶拍。車隊的人紛紛向我們揮手打氣,我邊忙著按快門邊揮手回應。

　　「你們要去哪裡?」,其中一位車友問(後來才知是小馬哥)。
　　「我們要環島。」,我隔著街大聲的回應。

　　能在路上遇到同好,無論對方是不是知名人物,那種互相打氣的熱情,感覺真的很好。到底哪個是小馬哥,根本也看不出來,反正就是亂按快門一通,我們兩個一樣開心至極。

　　看著他們車隊過去,我心想也該上路了,沒想到有人揮手邀請我們過去,説是馬英九想和我們合照。小姍和我對看了一下,還反應不過來。此時整個車隊都停下來,不少人招手示意希望我們過去。能跟小馬哥拍合照也不錯哩,於是我們兩個就跨過街去。

箭頭指著那二位記者，回來審視照片時才發現他們的存在。

　　沒想到一騎過去，一下子媒體全都圍上來，所有人麥克風對著我，一點心理準備也沒有真是嚇死人了。怎麼回事？什麼時候有媒體呀？剛才怎麼沒發現？我還以為媒體會在定點等而不是隨拍哩！還沒來的及想清楚，記者的問題就一個個丟出來，「從哪出發？就你們兩個人？還是學生嗎？為什麼想要環島………」，我故作鎮定的一一回答，心想小姍跑去哪了，怎麼還不過來解救我。然後我偷偷回頭看，原來她害羞的躲在我後面不敢上前來。

　　就在一陣混亂中，小馬哥在媒體群中殺出一條路。我們開心的向他握手打招呼，閒聊了幾句。我們還在驚魂未定中，還沒來得及要請小馬哥簽名時，沒想到他竟然先開口了。受寵若驚的我們就在小馬哥的袖子上簽名，當然我們也請他幫我們簽名做紀念。媒體不斷的搶拍，而我也在限有空間裡努力的搶拍。

互相簽名

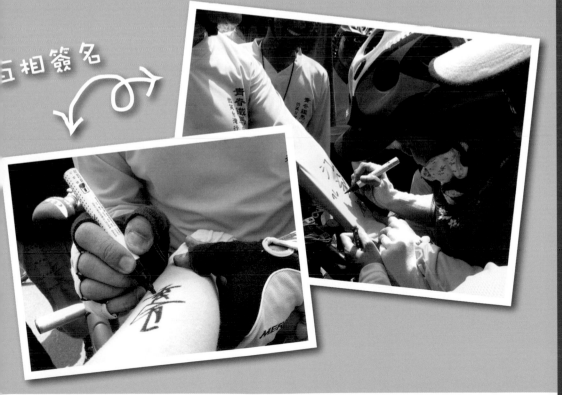

訪問完大家照幾張大合照後，便各自準備上路。離開前鐵馬家族的黃進寶爸爸很貼心的給我們一張里程及高度表，還細心叮嚀我們要注意防曬等事項。車隊離開後，一切歸於平靜。我們兩個也才「恢復正常」，然後興奮的嘰嘰喳喳的討論方才的事。

　　「不知會不會上新聞厚？」
　　「對厚～唉唷～我都沒時間先擦個臉什麼的。」小姍懊惱的說。
　　「怎麼辦～我那虎背熊腰肯定會被拍出來啦～」，我也開始擔心。

　　兩人又擔心又害怕，深怕電視裡的自己難看到不行。說是這樣說，但我們兩個還是馬上撥電話給眾多親朋好友，分享這個意外的插曲，畢竟這經驗很難得也很特別呢！

爸，我阿姍啦～挖佳你講哦，我睹假看到小馬哥咧……

媽，我小蓁蓁啦～我剛剛有遇到小馬哥哩……

「你也太會搶鏡頭了吧？」

在水底寮的7-11休息時，我意外接到在新聞台工作的朋友的來電，他劈頭第一句話就是調侃我。真沒想到這麼快就上新聞，我和小姍又驚又喜，好想知道到底播出什麼內容。

沒一會兒小姍的爸媽及朋友紛紛也來電，都說在電視上看到我們兩個。小姍直問看到什麼畫面，很想知道自己有沒有很狼狽又憔悴不堪。為了看看自己上電視是什麼模樣，我們當下決定今晚一定要找間有電視的旅社住，省錢這檔事就先擱在一旁吧！

高雄到車城約118公里，這是我們環島有始以來最長的路程，也是唯一一次破百的紀錄。很意外的，我們竟然可以頂著烈日，在沒有睡午覺的情況下，一路騎到車城，有小馬哥的加持果然有差哦！

車城有個堪稱全省最大的土地公廟－福安宮，全年香火鼎盛，香客絡繹不絕。我們抵達的時候並非假日，因此沒有太多觀光客的停留，也因這樣讓我喜歡上這小鎮的寧靜。

很順利的我們找到一間乾淨舒適的民宿，而且還從一間八百硬ㄠ到六百，什麼沒錢、窮學生的理由都搬出來，有時想想自己還頗厚顏的。房間內什麼都有，老闆還主動幫我們開空調，沒有因為被我們砍價而老大不情願的，真是遇到好老闆了。

　　一入內卸下所有的東西後，第一件事就是把電視打開。然後，一人洗澡，另一人守著新聞台。每一家新聞都看了一遍，幾乎都是在講漢光演習事故及蘇貞昌辭閣揆的新聞，沒一家有提到小馬哥環台的事。

　　等到兩人都洗好澡，在想著是否要先去吃晚餐時，突然看到螢幕下方的跑馬燈寫著「馬英九鐵馬環島巧遇知音，年輕小女生被馬當偶像索簽名……」，我們兩個興奮的亂叫（也不知在興奮什麼，反正就是覺得很好玩），守在電視機前期待著。

馬英九鐵馬環島巧遇知音，年輕

終於，輪到小馬哥的新聞了，不過我們的畫面一個也沒有，只有小姍簽名時的手部特寫而已。這時才發現，我倆簽名簽的很豪氣，把小馬哥的半截袖子全佔滿了。不是說不好意思嗎？怎麼一簽就這麼大刺刺的，相比之外，小馬哥簽的秀氣太多了。

新聞畫面僅短短數秒，但我們還是開心的在房裡又叫又笑。兩人還拼命的轉台，想看看各家播出的畫面有什麼不一樣。媒體有的把我們寫成女大學生，有的寫環島女騎士，最好笑的是寫妙齡少女，簡直是把我們笑彎了腰。

東森新聞是裡頭畫面最多也最長的，攝影記者從我們在對街時就開始側拍，還把我虎背熊腰都給拍出來了，不僅如此，鏡頭還帶到整個腳踏車到行李背部特寫。幸好曬在車上的花色四角褲，沒被人看出來，不然就真的糗大了。

女生被馬當偶像索簽名……

　　鏡頭對著我倆時，小姍原本不肯脫口罩的，但旁邊一直有人「提醒」她，她只好勉為其難的拉下口罩。可愛的她在拉口罩的同時，還用手背迅速擦了一下臉，這動作都被記者拍下來了。「唉唷～我擔心臉很髒嘛～」，看著電視中自己的搞笑行為，小姍解釋著說。

　　不少朋友相繼打電話來，都說在電視上看到我們，就連不知我正在環島的朋友，也打電話來確認，真是有趣極了。這意外的插曲，讓我們的環島行增添許多的話題與趣味。我想大聲說「小馬哥～很開心遇見你哦～」。

歐巴桑的叫囂

一個頭戴養樂多帽、手戴袖套的歐巴桑，騎著淑女車快速的超越我們，還帶著上揚的嘴角回頭看了我們一眼，然後揚長而去……

天國近了！

昨天創紀錄騎了118公里，令人感到意外的是，我們並沒有特別的酸痛或勞累。除了爬緩坡時短暫的辛苦外，大多時候感覺還挺輕鬆的。看來我們以後每天騎上百公里，應該不是什麼大問題了！成功抵達屏東車城後，我信心滿滿的對小姍這樣説。

　　今天早上出發前，神采飛揚的神情還躍然臉上，沒想到才剛啟程，我們兩個就像瞬間消氣的氣球，連簡單的抬腿與踩踏動作都十分吃力。不知怎麼搞的雙腿竟然一點力氣也沒有，每踩踏一次就痛苦一次，兩個人面有菜色的用極為緩慢的速度前進。「哎～唷～」，這回連我也哎聲連連了。

　　「嘎～嘎～嘎～嘎～嘎～」，一陣怪聲從後方響起，而且越來越密集。循聲我回頭望，一個頭戴養樂多帽、手戴袖套的歐巴桑，搏命似的拼命踩踏著她那輛不能換檔的陽春淑女車，有著要衝破最後防鎖線的氣勢。老牛慢步的我們，一開始還不甚在意，沒想到沒一會兒功夫，她就已經和我們併駕齊驅了。

　　説的更正確一點，我們僅僅齊行一秒，然後她就快速的超越我，還帶著上揚的嘴角回頭看我一眼。接著，又一陣嘎嘎嘎的響聲後，她追上了小姍，然後又用同樣的表情看了一眼小姍後揚長而去。沒

少年ㄟ～比我

嘿呀！

看起來～
阿姨有呷蠻牛哦！

錯，她真的是揚長而去，沒多久她就消失在我們視線裡。那驕傲的神情似乎在説，ㄟ，少年仔～比我卡沒路用哦～。

　　受了這麼大的屈辱，豈能作視不管。更何況我們正值青春啦，再怎樣也要把年輕人的本錢發揮出來。就在我們嘗試著衝刺時雙腿卻不聽使喚，不管多麼努力雙腿依舊是呈現罷工狀態，只見她那快速踩踏而左右搖晃的背影漸行漸遠，沒多久便不知去向了，扳回不了面子，也只能任由她囂張。

　　「還好還好，我們有蒙面！」
　　「還好沒被認出來我們就是遇到馬英九的那兩個女生。」
　　「對對對～不然就糗大了。」
　　「對呀～環島女騎士變成環島女卒仔，多丟臉呀！」
　　兩個邊踩踏邊喘氣的彼此安慰一番。
　　「下回，如果還有這樣的情形發生，那我們趕快騎到路邊停下來，假裝要休息好了。」

　　瞬間整條路都是我倆哈哈的大笑聲，這下精神來了，雖然時速仍然不快，但至少心情輕鬆起來，騎乘也感覺容易多了。

沒路用哦～

生不如死

地勢一路攀升，又急又陡且無止盡的上坡簡直是要人命。這樣的陡坡不要說用騎的，就連用牽的都很吃力。烈日下，兩眼昏花的我們熱汗直流，氣喘吁吁的步伐越來越不沈穩………

　　從屏東要到台東，大部份的環島騎士都會選擇南迴公路。而南迴公路的「惡名昭彰」可是眾所皆知的，尤其是壽峠那一段無止盡的好漢坡，更是令人聞風喪膽。沒什麼騎乘經驗的我們，不敢挑戰南迴公路而改走縣道199。但據說這段山路也是前不著村後不著店的，我們兩個對於自己有沒有辦法穿越牡丹山，是一點自信也沒有。兩人還特地跑到超市去補充香蕉巧克力及乾糧，不知情的人還以為我們要去登大山呢！

　　在車城派出所裝滿開水正要離去時，遇到一位來自牡丹村的伯伯，他告訴我們這一路上都很平坦，沒問題！就水庫那段很辛苦。雖然他說的很輕鬆，但我們還是一個勁的擔心。畢竟原住民體力好，當他們說「很近」時，很可能要攀過一座山。當他們說「還好」時，那我們可能會上氣不接下氣甚至哭天喊地。

　　車城到四重溪沿途開滿了豔麗的九重葛，美麗的風景加上平順的緩坡，讓原本緊張的心情輕鬆不少。之後偶有短上坡，但都還在我們能力範圍裡不足掛心。穿過四重溪就是一段小陡的上坡路段，剛好上坡旁有個看起來很像水庫的池子。

　　「這應該就是伯伯說的水庫了吧！」
　　「還好吔～沒有想像中難走嘛！」

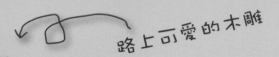

路上可愛的木雕

以地圖來看，過了四重溪大約再走四、五公里就可以抵達牡丹，而那裡也是我們預定的中午休息地。果然沒多久，一座寫著「歡迎光臨牡丹鄉」的原住民牌坊聳立在眼前。我們兩個開心至極，沒想到這段山路比我們想像短得多也容易得多。在下車拍照留念的同時，才發現原來這裡就是牡丹社事件發生時的戰場。有位婦人坐在休息，我們兩個向她確認一下方位。

「牡丹村呀～大概還要十五、二十公里吧！」她說。

這怎麼可能，地圖也不可能錯的如此離譜吧！我執意認為是那位婦人對里程的概念模糊，也或許因為我們是騎單車，所以她一時間「換算」錯誤。沒一會兒，我們就抵達牡丹鄉公所，剛才那個婦人肯定搞錯了！我心理慶幸著。

雖然比我們預定的時間還早抵達這裡，但燠熱的天氣讓人根本不想再繼續往前騎。我們找不到牡丹國小，卻找到了石門國中。怎麼回事呀？怎麼是石門呢？這裡不是牡丹嗎？我們兩個滿臉狐疑，趕緊找了間商家詢問。

原來這裡都是屬於牡丹鄉，但這裡是牡丹鄉的石門村，牡丹村則要再走上十多公里。她邀請我們進去休息，但我們擔心路程會趕不完便婉拒。於是，她塞了二瓶飲料給我們，「請你們喝，不要客氣哦！」。

　　帶上祝福，我們頂著烈日上路。原本順利抵達石門村後，我們幾乎以為成功就在不遠處，沒想到這裡才是考驗的開始。穿過石門村，我們來到牡丹水庫，這裡才是伯伯說的水庫區。從這裡開始地勢一路攀升，又急又陡且無止盡的上坡簡直是要人命。這樣的陡坡不要說用騎的，就連用牽的都很吃力。

　　烈日下，兩眼昏花的我們熱汗直流，氣喘吁吁的步伐越來越不沈穩。「不行了，我要休息一下。」我宣告投降。這裡找不到一處綠蔭，就連可以坐下的地方都沒有，但實在騎不動了，既使是石頭路面我們也只能照坐不誤。「吃根香蕉補充一下體力吧！」小姍說。

休息是為了走更長遠的路。

再累也要拍張照！

　　吃完香蕉，把巧克力也一併吞完後，兩人補了厚厚一層防曬，很不情願的又繼續上路。沒完沒了的陡坡，讓兩人心情沮喪到極點，才走不到五公尺讓人又想休息了。「我們來吃一下羊羹補充體力吧！」，話畢，兩人狂笑不已，如真照我們這種吃法，還沒走到牡丹村，所有乾糧都會被吃光吧！

　　互開玩笑是我們兩個遇到令人心煩的狀況時，彼此打氣及舒解壓力的方法，這往往都是立即見效的。當身體極度疲勞卻仍必須咬牙硬撐時，至少也要能調整好心情，讓彼此去輕鬆面對。

　　每爬一段坡野視就更加開闊。不知轉過幾彎，我們終於含淚抵達坡頂，俯看底下渺小的石門村心中滿是激動，實在很難相信自己竟然可以成功攀越牡丹山。

「從來沒有想過自己可以騎腳踏車爬這麼高咃！」
「對呀～實在太不可思議了。」

焚風來襲

被毒辣太陽燒得兩眼昏花、四肢無力的我們，已經快抵擋不了陣陣熱浪的侵襲了………

台東太陽盛名遠播，但萬萬沒想到是這般毒辣！

九點多從台東市出發，此時太陽高掛天際，全身早已開始發燙，幸好沒多久便抵達卑南綠色隧道。原以為可以舒緩一下，卻沒想到事與願違。初見綠蔭的興奮還沒消退，這持續的緩坡就讓人開始氣餒。雖然是肉眼難判別的緩坡，但不知怎麼的，今天似乎沒有什麼氣力，我們兩人用著極為緩慢的速度爬行。

好不容易穿過綠色隧道，等著我們的卻是更加陡直的連續上坡，更慘的是還沒有綠樹遮蔭。眼前盡是亮晃晃的一片，刺目的太陽讓人睜不開眼，讓人徹底感受到台東太陽的強大威力。熱氣從地面緩緩上升，我感覺自己像是在火爐上燒一樣難受。全身的毛細孔不斷

的在冒汗，頭巾及袖套沒多久就幾近全濕，沾滿了令眼睛難以忍受的鹹汗。接觸到汗水的眼睛，非常刺痛且極端不舒服，不知情的人還以為我是騎得累到哭出來呢！真的沒預料到東部的太陽可以這麼麻辣，著實讓人吃不消。

現在還不到十點，太陽卻已經有著正午的脾氣，可怎麼辦才好。苦等不到下坡來舒緩一下身體與心理的我們，騎沒幾公里便紛紛宣告投降。我們在路邊的超商休息喘口氣，看了看高度表，心都涼了，這一路可都是上坡呀！看來要到初鹿才有可能是下坡了。我們硬著頭皮再次上路，至少要再趕一段路才能休息，否則今天肯定到不了關山。

勉強再騎了五公里後，我們來到一處涼蔭處停歇。因為太熱而不停的猛喝水，現在才發現兩人身上的水僅剩半瓶，不知還有多長的坡要爬，下一個超商也不知在哪，兩人坐在樹下思忖著該如何是好。這時才注意到，我們所在位置是間名為東城東德宮的小廟，心想先借個水沖涼一下再說好了。我上前去，四處張望卻沒看到半個人影，正準備開口喊人時，一位倒在沙潑上打盹的大哥突然醒來，他連忙站起來，睡眼惺忪的看著我。

「可不可以借個水洗手呢？」
「當然可以，不用客氣！」他熱情的回應。

看了看我們的樣子及裝備，他馬上明瞭我們兩個是騎單車環島。隨即熱門熟路的，主動拿出礦泉水讓我們添補。「經常有跟你們一樣的環島騎士在這裡休息的。」，這位善解人意的大哥，熱情的招待每一位過路的騎士，我想受過他照顧的騎士，數量應該是很可觀才對。

他告訴我們再二公里就可以抵初鹿了，到時就開始有下坡，這真是個令人振奮的好消息。大哥留了電話給我們，他說一直到玉里都是他的管轄範圍，有什麼事打電話給他，他會來趕來處理。不懂他所謂的「管轄」是

奮鬥中！

什麼意思，難道大哥果真是「大哥」嗎？雖然退隱了，但仍然有影響力？這個問題我們並沒有得到解答，但還是開心的向他道謝。

　　果然到了初鹿後就開始下坡，還是那種五、六公里的長下坡，此刻的心情像是熬到聯考放榜，而且還高分上榜的那種爽勁。不過被毒辣太陽燒得兩眼昏花、四肢無力的我們，已經快抵擋不了陣陣熱浪的侵襲了。是該找地方午休，再這樣騎下去肯定會中暑的，但放眼望去一小塊遮蔭處也沒有，我們只好悶著頭繼續猛騎，就在快絕望時，眼前突然出現了一座原住民的瞭望台，二人很有默契的直接朝對街騎去。

　　像溺水者找到浮木般，我們衝上前去直撲二樓。高度隔絕了地熱，拂面的微風涼爽許多，躺下沒多久就入睡了。這一睡就睡了近一個半小時，醒來時，吃點東西差不多近二點，但四周還是一樣亮晃晃的，肯定還是很炎熱，決定再休息一下，兩人又繼續昏睡。近三點又醒來，小姍怕我們會趕不到關山便提議要走。才上路騎不到十分鐘，我們又開始全身發燙，尤其是穿著車褲的大腿，更是猶如火在燒，幾乎要冒煙了。我們徹底放棄繼續騎乘的念頭，躲進鹿野的超商吹冷氣避暑。

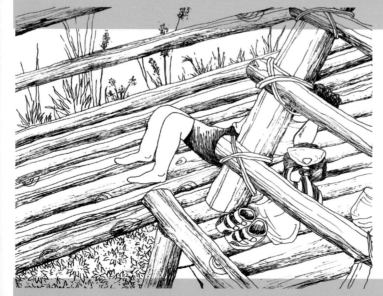

　　一直到了四點半我們才繼續上路。不過，太陽看起來還是一付很驕傲的樣子，誰知道這回我們能撐多久呢！出發吧！朝下一個7-11前進。幸好，熱力漸漸消散，五點半時，我們順利抵達關山。

「怎麼辦，台東比我們想像的還熱吔，那之後怎麼辦呀？」

「對呀，每天這樣怎麼受的了呢！」

「該不會每天只能四點半後才開始出發吧！」

「那我們要環幾天才能環完全島呀？」

「哎唷～」

兩人喪志的討論著時，突然接到家人的來電。「今天台東有焚風過境，你們兩個還好吧？」，電話那頭帶著關心的語氣問道。原來如此呀～聽到這個消息著實讓人放心不少。「還好啦，就二度灼傷而已！」，我調皮的回。被焚風「燒」過的我們，雖然差點變成人乾，但也算是一種特別的體驗，相當難忘哩！

路上二三事
焚風來襲

狂風驟雨天

原本霏霏的細雨，驟然變成傾盆大雨
又急又猛的從天而降，才一會工夫全身
都濕透了………

關山之後一路上都是豐富的田園景色，且越往池上越開闊，讓人心情很輕鬆自在。池上大橋上有著極佳的視野，在欣賞著寬廣的鄉村景緻時，一輛橘色的火車轟隆隆經過，為清綠的田野增添一道色彩與動感。多雲陰沈的天氣，騎乘起來相當舒服，不過這並不一定代表這一天可以輕鬆渡過。出發前我們將行李仔細做好防雨措施，以免屆時措手不及。果其不然，才上路沒多久就開始飄雨。

　　原本霏霏的細雨，驟然變成傾盆大雨，又急又猛的從天而降，才一會工夫全身都濕透了。雖然雨中騎車並不困難，但視線不佳，再加上省道上的車子多、車速又快的情況下，騎單車就顯得是件相當危險的事。一輛砂石車就疑似速度過快而打滑，衝撞到對街的柵欄，車頭已經半截懸掛在崖邊，斜斜的車身則把半邊的路都擋住了。幸好這場意外無人員傷亡，這是不幸中的大幸。我們看了相當的心驚，只想趕快通過這一路段，兩人奮力前進想找個適合避雨的地方休息。

　　好不容易抵達省道九號與縣道193號的交會點，這路口處有一間大型的便利商店。我們如釋重負的投奔超商的懷抱，這時已分不清是雨是淚，只想大唱有「7-11真好～」。甫踏進超商兩人頓生逃意，裡頭的冷氣超強無比，我們像是走進冷凍庫般直打哆嗦。「冷～氣～也～太～強～了～吧～」我顫抖的說。匆匆上過廁所及買了顆燙手的茶葉蛋後，兩人火速逃出超商。

　　風聲雨聲簌簌作響，看起來像極了颱風天。我們縮著身子躲在門邊一旁的牆角，來自四面八方的風直灌胸口，冷的我們直打牙顫。脫下外套蓋在身上還是敵擋不了寒意，吃了茶葉蛋也於事無補，根本暖和不了身子，兩人的臉色慘白的像失溫的人。真不知那些流浪街頭的人，如何在寒冬中過活。

「是怎樣呀？昨天熱的要死，今天卻冷的要死。」
「對呀～這天氣也太奇怪了吧！」
「與其坐在這裡吹風受凍，倒不如趕緊上路找間旅社沖個熱水澡！」
「沒錯，不然我們都會感冒的。」

冷冷冷

　　強忍著寒意穿上濕黏黏的外套再次上路。雨不停打在身上，狂風又陣陣撲來，兩人不停的發抖，忍不住的拼命的大叫。我們咬著牙全速前進，想努力讓身子暖和起來。果真沒多久，就沒先前那般刺骨的冷了。縣道193沿途風景如畫，路旁不少的阿勃勒開的燦爛。黃色如鈴噹的花朵，隨風搖擺，像是無聲的風鈴很美。為了讓身子保持熱度，我們一直不敢停下來拍照，直到這片金針花田擄獲我們的視線。

　　橙色的色塊在一片青綠中十分搶眼，花雖沒綻放，但依舊讓人驚豔萬分。我們不顧冷不冷的問題，決心停下來拍照。田裡有不少採收的人，他們說若今日不採，明日就開花了。這裡不是觀賞區，他們要趁花含苞時趁早採收，然後曬乾販售。雨不停的下，看得出來他們也很冷，有人小酌暖身，更多的人伸出顫抖的手努力工作著不敢停歇。

　　一般人並不清楚縣道193，要不是關山民宿老板娘的傾囊相授，我們也不會知道。台九線要攀過舞鶴山，據說那段相當辛苦。而縣道193一路平緩好行，我們很慶幸能夠走上這條路。沿途風景如畫且幾乎沒有來車，騎乘在這樣的田園景色中，身心靈都是一種享受。不知何時，雨勢慢慢減緩，漸漸的不感覺冷了，很順利的我們成功抵達瑞穗，結束這場令人打顫的狂風驟雨天。

寶島康樂隊

環島的一路上遇到不少為我們打氣加油的人，雖然僅僅是喊聲加油、伸手比比大姆指，但這些小動作就足夠讓人倍感窩心……

環島的一路上遇到不少為我們打氣加油的人，雖然僅僅是喊聲加油、伸手比比大姆指，但這些小動作就足夠讓人倍感窩心。記得有一次在往岡山的路上，一位騎著重型機車的男生從後方騎來，冷不防地甩尾停在我們面前，給我們一個大拇指後便很帥氣的離開。這僅僅幾秒的緣份，一句對話也沒有，卻令人相當開心。

「你剛有沒有看到？好帥哦～」小姍興奮的説。
「對呀！超酷的。」我回。

的確，沿路遇到不少的重型機車騎士，一身又酷又炫的裝備，再配上拉風的機車，真是帥到不行。只不過安全帽一拿下來，其實都有一點年紀了，不過這不失他們的帥氣，照樣個性十足。

越往南我們得到的回應就越熱情，讚美與加油聲也越頻繁。印象最深刻就是行經嘉義縣時，不時有騎士及路人主動前來打氣。對話的內容不外乎，從哪裡來？要騎到哪裡？就你們兩個人哦？晚上住哪？洗澡怎麼辦？這樣騎不會累嗎？等等重覆性的問題。我們一路上回答同樣的問題，但並不會覺得厭煩。因為每個人的反應都不同，光看他們鮮活的表情，就覺得很有意思。

在嘉義市立文化局休息時，就不斷有人前來聊天，準備要離開了，沒走幾步路就又有人忍不住好奇把我們攔住。到縣政府裝個水，警衛和前來辦事的民眾也跑出來「了解」狀況。好不容易正式上路了，紅綠燈停下來被問也罷，竟然還有人會邊騎邊問，甚至從後方追著過來。有個阿伯就是這樣，他遠遠看到我們後便加速追上來。

加油！ 棒！ 加油！ 讚！ 好酷哦！

「小姐～恁要騎到叨位？」，可愛的阿伯用很濃很鄉土的台語大聲問。

「環島啦～」，聽到這麼親切的腔調，我竟然不自主用台灣國語回答。

「哦～～ㄠˊ」，伯伯佩服的搖搖頭，然後我們就分道揚鑣各自前行。

騎沒多久，到另一個路口停下來，我們竟然還被雙面夾攻。身旁的女騎士拼命的向我丟出問題，而路旁店家的二個修車師傅則與小姍抬槓著。

「你慢慢騎，我們隨後就到。」師傅幽默的說。

「那行李先寄你啦。」小姍也逗趣的回。

途中與當地人一來一往的幾句簡短幽默對話，經常讓我們兩個笑的開懷，不僅增添樂趣，也撫慰了疲勞的身子。除了聊天打氣加油外，熱情一點的民眾，還會主動請我們喝飲料或免費吃一餐。有一回騎車時，不知怎麼的那天特別口渴，或許是出發前喝咖啡的緣故吧！我們兩個一路上一直猛灌水，一停下來有機會講話，彼此第一句都是，「我好渴哦！」。然後就是各自又大口大口喝水，但無論怎麼喝都還是渴的不得了。

就在心裡還在喊著「嘴乾～」的時候，突然有輛轎車從車陣中向我靠過來，然後在一旁慢慢的前進。「小姐，加油～」，開車的年輕人向我打氣。我向他道謝後繼續騎，但他沒馬上離開還繼續跟著。

「你們是不是在環島？」

「對呀！」

「我買水給你們喝。」

「不用啦。」這怎麼好意思呀，當然是婉拒他的好意囉！

「我已經買了呀，你們停一下好嗎？」

沒想到他竟然已經好買了，我也不好推辭連忙把前方的小姍喊住。他拿出兩瓶冰涼的舒跑，我們兩人傻楞楞的接過舒跑，一時間還反應不太過來，所以僅簡短聊了兩句。他離開後，我們兩個才回過神，小姍這時也才搞清楚是怎麼回事。兩人又開心又興奮的討論著，他應該是先前就看到我們了，還特地去便利商店買飲料，真的讓人感到很窩心。

「怎麼搞的今天特別口渴，結果就天外飛來一瓶，真有趣。」我說。

「對呀，好開心哦～」小姍回。

「會不會停紅綠燈時，我們直喊好渴，被他聽到了呀？」我問。

「有可能厚～」，小姍也覺得可能是這樣。

「那～下個紅綠燈時，我們來喊好想吃刨冰要不要？」

　　誰說台灣人很自私很冷漠，我們這一路上可是處處感受到濃濃的人情味呢！

有一回前往虎尾的路上，我們在路邊翻閱地圖確認路線，一位騎機車的女生主動靠過來，問我們需不需要幫助，她除了詳盡的提供訊息外還主動引路，真是讓人倍感窩心。經常有人問我們怎麼不怕迷路，其實準備一份詳盡的地圖及帶上你的嘴，走遍全台都不會有找不到路的情況發生。無論是司機大哥、民宅門口的阿公阿嬤、加油站工讀生，或是檳榔攤的水姑娘，只要是熟門熟路的在地人，都會有相當熱情的回應哦！

行經苗栗苑裡時，對街不遠處的紅磚瓦房吸引我們的注意。跨過省道，沿著兩旁綠油油的稻田小徑，我們來到純樸的三合院小社區。這裡的村民對於我們的到來，顯得相當興奮且好奇。小朋友邊竊竊私語邊咯咯笑著，在大人的鼓勵下，一個個開心的向我們握手示意。不知誰去通風報信，連一位好奇的老阿嬤都在女兒的攙扶下，來看看這二個從台北騎單車來的人。受寵若驚的，我們在村民們團團被包圍住，沒一會兒我的祝福與加油聲中再次啟航。

後龍中暑記

完全無遮蔭的西濱公路，讓人想停下來休息都很困難，僅能含著淚、頂著烈日龜速的前進。空腹狀態的我，突然間覺得頭暈眼花四肢無力⋯⋯

很多人並不清楚，機慢車是可以通行在61號西濱快速公路上的。當然，在上路前，我也是處在「不清楚」那一群人中。聽說苗栗後龍那段是山路，所以在出發前夕，趕緊與新竹的弟弟仔細研究了一下路線。雖然避不了走山路，但至少也要挑比較容易的走吧！

靠海的地方路就鐵定比較平坦，至少我心裡是這麼想的，所以異想天開的問弟弟西濱能不能走，沒想到得到的答案竟然是肯定的。

「你確定？」我不可置信的想再確定一次。畢竟，西濱是快速道路吔！機慢車都能走了，還算快速道路嗎？
「確定啦！」一臉酷樣的弟弟很肯定的回。「不過，就砂石車多了些。」

砂石車是單車旅的夢魘。突然間腦海裡出現，兩個蒙面女騎士嚇得一身冷汗，被一輛輛快速飛奔而去的砂石車給逼到路旁的畫面。

「那～」，我看了一眼小姍，開始打消走西濱的念頭。「明天是五號

叭
叭
叭

SCANIA

IX-139

厚，那沒砂石車啦。」弟弟想了一下說。

「怎麼說？」，我跟小姍心中又燃起一線希望。

「因為砂石車司機都去領薪水了。」弟弟一臉正經的回答。

　　像卡通片裡的小丸子一樣，我的臉突然出現數條黑線。但看弟弟「認真」的表情，我也不好再三疑惑。因為弟弟是出了名的「壞人」，最好少惹為妙。就這樣，我們「相信」著司機大哥們都去領薪水的事實，踏上我們的西濱之旅。

　　順著市中心的中華路前行，依照指標我們順利連接到西濱公路。這裡是新竹市十七公里海岸風景區的中末段，告示上註明著我們所在位置是第六個景點－風景海岸。而這裡就是著名的香山濕地，吸引人很多遊客前來賞景觀夕陽。今天雖然是假日，但現在時間還早，還沒有什麼遊客到來。也正因如此，我們兩個也才能意外的，享受一個安靜的濱海風情。

　　昨天下了一整天的大雨，被迫在新竹停留一天，今天雨終於停了，但天空仍陰陰的。這樣的天氣很難拍出美麗的風景照，但對於騎單車的人來說，無疑是最棒的氣候了。我們在輕風拂面下愉快的前進，沿途宜人的景緻，讓我倆不時停留拍照。

　　西濱全線寬闊，且都有機慢車專用道，即便車多也很安全，不必擔心搶道的問題。不知司機大哥們是不是真的去領薪水了，總之，沿路果真沒有遇上幾輛砂石車，就連其它的車也很少。我們兩個都很慶幸選擇這條道路，能夠這樣愉快的騎乘，實在是件幸福的事。

原本涼爽宜人的天氣，不知怎麼的驟然褪去，太陽一露臉就面目猙獰，讓人閃避不及。正所謂屋漏偏逢連夜雨，此時的道路開始往上攀升，更喪志的說法，是毫無下降的跡象。望著沒完沒了的長坡，原先的快樂剎時間忘的一乾二淨，這時候，什麼「天將降大任於斯人也，必先苦其心智、勞其筋骨……」的勵志話全都聽不進去。「好開心哦！我們選擇西濱是對的！」，耳邊響起早先我對小姍說的話，現在聽起來像是種諷刺。

小姍這回像是鐵人三項的選手，她超越我持續前進著，而我則是千百般不願意的爬著。讓人很沮喪的是，總是在好不容易抵達高點時，才發現還有更高的坡要征服。時速已經從十五，慢慢降到五公里以下，就在快沒力踩踏時，突然一個重型機車騎士從後方騎來，帥氣的伸出大拇指為我們加油。突然間，整個人不僅精神抖擻起來，連踩踏的腳也變得相當有力，我開心的向他招手致謝。不過好景不常，他一離開我們便馬上洩氣，雙雙下來牽車。

完全無遮蔭的西濱公路，讓人想停下來休息都很困難，僅能含著淚、頂著烈日龜速的前進。幾乎是空腹狀態的我，突然間覺得頭暈眼花四肢無力，我知道如果再找不到涼蔭處休息，我可能會中暑了。當我心裡有這個念頭時，我的腦海出現自己暈倒在半路上，而小姍不願意下坡來解救的畫面。不不不，小姍應該

再不休息我就要中暑了。

我不能昏倒!

不會這樣,但就算她來到我身邊,可能也拖不動我吧!「這樣不行,我再不找地方休息一下,真的就會昏倒了。」我對自己這樣説。

況且,就算要昏倒,至少也要到涼蔭處再倒下,不然,我臉對著大太陽,那肯定會曬得跟木炭一樣。小姍離我越來越遠,萬一我真的昏倒,那她不就白走那段路嗎。想想,好不容易爬上去,卻又要被迫下來救我,這未免也太悲慘了。「加油!加油!別拖累小姍才好。」,我在心裡對自己喊了無數次的加油。身體的體溫漸漸升高,頭也越來越暈,實在難受至極。「我不要昏倒在這裡呀～」,我心裡含著淚吶喊著,滿腦子就是想快點結束這個苦難。

「加油!前面有房子吔～」,就在快要失去耐性時,聽見小姍大喊。

這時信心來了,我咬緊牙關打算奮力一搏,帶著小姍給的希望,拼命的撐完這剩下的二百公尺。

果然,在這苗栗後龍的制高點,存在著幾戶人家。頭暈目眩的我,連忙衝到一戶民宅涼蔭處的牆角坐下,迅速的將帽子、口罩、袖套、布鞋,甚至襪子也一股腦門全脫了,然後拼命的狂喝水,目的就是想讓身體急速降溫。

「剛才我差點就要暈倒了。」,我對小姍述説方才的事。
沒想到,小姍一聽到我的狀況,屁股都還沒坐下,就又跨上單車。
「我去買涼的。」,小姍對我説完,便立即出發去取水。「等我成功到返來～」她還俏皮的補充説。

在村民的協助下,沒多久小姍就面帶笑容,提著二罐舒跑出現在我眼前。接過冰涼的舒跑,內心的感動實在難以言述。張口猛灌時,民宅內的阿嬤前來一探究竟。

「恁是創啥乜？」阿嬤問。
「阮是環島啦～在這歇睏。」小姍説。
「按呢唷～入來坐啦～厝內甲涼～」，阿嬤説完便轉頭進屋。

　　她的好意我們當然是要馬上心領。兩人連忙收拾行李準備要進屋，不過，東西散落各地需要一點時間來撿拾。

　　「要入來嘸啦？」，阿嬤看我們沒跟上，以為我們沒有要進去，回頭又問了一聲。

　　「要～」，我們趕緊大聲回答，深怕慢一秒阿嬤就會回收她的善意。

　　坐在屋內的小板凳，果然涼爽許多，頭沒那麼暈，身體也漸漸的恢復正常。

　　「阮在新竹騎鐵馬攔來，日頭就昳，騎夠兜仔的起崎，用袂暈去。」，小姍描述著我倆的情形。

　　「新竹哦～真是厲害。」，阿嬤的兒子帶著佩服的眼神看著我們。

　　阿嬤搖頭笑著。她覺得我們二個很天兵，大熱天還傻傻的騎腳踏車爬坡，真是自討苦吃的。不過，笑歸笑，阿嬤還貼心的從冰箱拿出西瓜來。看到她切西瓜，我們口水都快流出來，還有什麼時候比這時候還渴望冰涼的西瓜呢？

　　「這是我們後龍的西瓜，很甜的。」，阿嬤的兒子説的同時，也遞過來一大片的西瓜。

　　捧著西瓜，迫不及待的咬上一口，冰涼～香甜～多汁，啊～太暢快了，我的眼淚幾乎要同西瓜汁

阿嬤家的狗

一塊流淌，方才的苦難通通消溶在這甜膩的西瓜裡。在我倆享受西瓜的同時，阿嬤和她的兒子都和我們一塊坐下來，有一搭沒一搭的聊著天。

「你們可以去後面海邊走走，那裡風景挺不錯的，還有風車可以看。」，兒子熱心的介紹後龍值得遊玩的地方。

「我們今天要趕到清水，怕時間不夠哩！」，我用手背抹了抹滿口西瓜的嘴說。心想，就算有時間，這大熱天的去海邊可能會曬成人乾吧！

「那三支風吹有啥好看。」，沒想到阿嬤竟當著大家的面吐兒子槽。

阿嬤的真性情，讓我倆差點將嘴裡西瓜噴出來，不過為了給她兒子面子，我們裝作什麼事也沒發生。

「恁今仔口要去台中，若無會當睡阮兜，暗眠ㄟ賽去附近走走。」，熱情的阿嬤說完，還貼心的把剩下的西瓜又切一半，要我們二個吃完。

「免啦～呷袂落啦～」，雖然口是心非，但總是要演一下這半推半就的戲碼。

「免客氣啦～」，阿嬤硬塞了過來。

「要煮麵給恁呷嘸？」，阿嬤再次發揮她的熱情攻勢。

「嘸免啦～」，我們客氣的回，但老實說肚子也挺餓的，若這時有麵吃那就實在太完美了。只是阿嬤也沒堅持要去煮，所以這事就這麼算了。

巨大的半顆西瓜都給我們吃完後，也差不多該拍拍屁股走人。重新套上搶匪裝行頭，我們懷著感恩的心和阿嬤及她的兒子再三道謝告辭。上路前，我回頭再次看著阿嬤的房子，心裡大聲喊著，「阿嬤，多謝你～」。若不是阿嬤的拔刀相助，我可能無法順利渡過這場中暑危機呀！

排灣族的午餐

抵達牡丹村時正值中午十二點半，是村民的午餐時間，可以看到一家家圍聚在門口的圓矮桌旁，熱鬧且愉快的用餐畫面。「吃飯囉～」，除了傳來陣陣飄香外，還聽到村民的吆喝……

　　穿過縣道199最艱難的路段後，我們順利的抵達牡丹村。此時正值中午十二點半，是村民的午餐時間，可以看到一家家圍聚在門口的圓矮桌旁，熱鬧且愉快的用餐畫面。「吃飯囉～」，除了傳來陣陣飄香外，還聽到村民的吆喝。一開始我們還以為怎麼每戶人家都這麼熱情邀我們用餐，後來才知原來那只是打招呼用語。而這一聲聲「吃飯囉～」，也讓飢腸轆轆的我們，想找地方休息吃午餐。當然，可愛的牡丹國小絕對是首選。

　　學校入口的左側，有個開放式的集會所，這裡是學校的籃球場，也是村民議事的地方。陰涼的籃球場實在是理想的午休之地，在我們剛準備坐下時，司令台的後方竄出了幾個小朋友。這幾位一年級的同班同學，原本是放學準備回家，看到我們後沒多久又折返。三個人在籃球架上攀來爬去的，想和我們親近又有些害羞。

　　我們拿出零食大方的與他們分享，小朋友們一開始還很不好意思，只敢伸手拿了一回，受到我們的鼓勵後，才大膽的享用起來。很想和小朋友們再多點互動，但為難的是陣陣睡意來襲，此時的我們只想趕快鋪上帆布就地而寢。他們似乎沒有要走的意願，再加上又有另外的小朋友前來打籃球，看樣子這不是適合休息的地方，於是我們收拾東西和他們道再見。

在尋找理想地點時，路旁的一位原住民朋友向我們揮手，「你們就是給馬英九簽名的那二位嘛！」。頭一次被認出來，我們感到相當的開心。「中午了，一塊吃飯吧！」，他熱情邀我們一塊用餐。能和當地原住民一塊互動，是種很難得的緣份，對於他的好意當然是要大方接受。我們將車子停在樹下陰涼處後，便隨著他步上路旁民宅的矮階梯。

一上去，才發現這裡聚集了好多人，大夥都熱情的要我們坐下來一塊吃飯。一問之下才知，這些人聚在一塊是為了一個禮拜後的村民大選，而方才認出我們的正是此次助選團的總幹事－卡比。「不要客氣～盡量吃！」，卡比招呼著我們坐下。一長排的桌子上，擺滿了當地排灣族人自己自足的菜餚，雖然是簡單的幾道菜，但大夥一起享用的感覺實在很棒。

一個超級熱情的排灣族同胞，倒了兩杯保力達B硬塞過來，要我們一人喝一杯。我們啜飲了一小口，差點沒吐出來，沒想到保力達B味道嚐起來和感冒糖漿沒啥兩樣。但不好意思拒絕他的好意，只能硬著頭皮喝下，這時傳來他熱情的聲音，「對啦！喝這個才會有力氣騎的啦～喝這個好的啦～」。

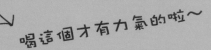

喝這個才有力氣的啦～

「前面的路難不難走？」

「水庫那裡你們都走過來了，前面很容易的，都是緩坡啦！」

　　離別前特地向卡比確認路況，聽到後段的路都是緩坡，兩人頓時信心倍增。道別大家後便開始努力衝刺。從牡丹村開始雖然地勢還是持續上升，但如同卡比說的都是緩坡，再加上偶有下坡，所以騎乘起來不算吃力。一路上輕風拂面、景色怡人，幾乎沒有什麼車輛往來，整條山路簡直像自行車專用道。

　　看著路旁199縣道的指示牌，從12K到2K不斷減少的里程數，心裡有說不出的高興與期待。不知是不是保力達B發揮藥效，還是我們真的體力變好了，總之沒睡午覺的我們，順利的穿過這段山路。達仁鄉的路牌高高聳立在岔路口旁，這表示我們已徹底離開屏東，進入台東縣屬地，不過和屏東牡丹村的緣份仍會永存心中。我永遠都會記得，和排灣族同胞一同愉快吃喝，一同渡過的這個難忘的午餐時光。

西瓜嬤的攤

官田往善化的路上，看見了一連接著四攤的西瓜車。能夠大口大口啃瓜，讓甜膩的汁液順著指尖流下，是件極為暢快的事。所以我們決定停下來，狠狠的吃一番……

　　香甜的後龍西瓜，讓我和小姍一直念念不忘。好不容易到了西螺，卻因為天色已晚需要趕路，而錯失品嘗的機會。之後的一路上，就再也沒看到西瓜的蹤影了，而我們想大啖西瓜的渴望也異發強烈。

　　終於在官田往善化的路上，看見了闊別多日的西瓜，而且是一連接著四攤。大太陽下這卡車裡的西瓜肯定不冰涼，且有可能還是溫熱的。但能夠大口大口啃瓜，讓甜膩的汁液順著指尖流下，也是件極為暢快的事。所以我們決定停下來，狠狠的吃一番順道解解纏。

　　首攤的老闆是一個親切的阿婆，我們並沒有貨比三家就直接停在阿婆的卡車前。一顆顆碩大無比、圓潤飽滿的西瓜堆疊成塔，看到這麼大的西瓜，我們兩個頓時傻眼。

　　「嘸小粒ㄟ某？」小姍問。
　　「有呀！」，阿婆隨即帶小姍到卡車的前端去挑選。

大顆的比較甜呀

雖然小顆了許多，但也是大大超出我們肚子能消化範圍。阿婆抽出一個壓扁的紙箱，讓我們可以坐在上頭休息，又貼心的借我們一把彎刀。小姍開心的將西瓜剖半，但兩人期待的心情在剖開的瞬間落空。

　　這顆西瓜的顏色淡淡的，與期待中鮮紅的果肉相差甚遠，看起來就不太好吃。果不其然，這西瓜一點也不甜。雖然失望，但也不好意思表現出來，僅能怪自己不會挑選。我們只想吃完自己手中的部份，剩下那一半打算留下，除了不想帶走外，最重要是騎單車也不方便攜帶。

　　吃西瓜的同時，我們和阿婆攀談了起來。前方相隔不遠的另一攤老闆，朝我們走來也想加入談天陣列。

　　「我想恁創啥乜踞ㄟ這，原來是呷西瓜」，伯伯開玩笑的說。

　　「這阮小叔仔！頭前那攤是阮阿姑，對面彼個是阮頭家啦～」，阿婆介紹著。原來這四攤全都是一家人。

　　「這歹呷，看就知！」，伯伯看到我們手中的西瓜，直接又大聲的說。

　　「沒法度，恁要挑小的，小的就較歹呷。小粒是花蓮來的，大粒才是這邊ㄟ。」阿婆補充說。

　　「原來是安呢～不過，傷大粒阮呷不落，沒法度啦～」小姍回。

　　「我切一粒甜ㄟ呼恁呷。」，語畢，伯伯大手一揮，將我們的西瓜直接仍到田裡去。

　　「唉唷～討債哦～ㄟ賽飼雞。」阿婆心疼的喊著。

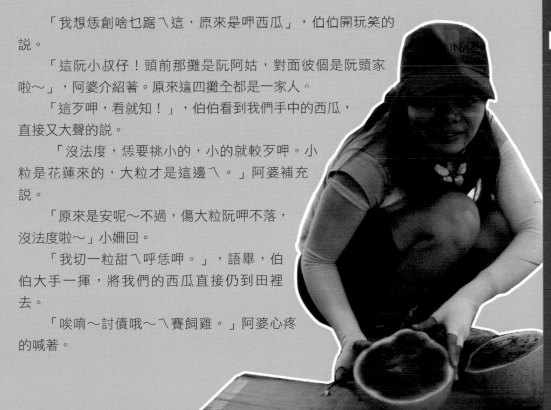

阿嬤ㄟ西瓜攤

　　我們看了可真是傻眼，沒想到伯伯這麼豪氣直爽呀！伯伯回到自己的攤子，沒一會兒就抱著半顆西瓜前來。雖說是半顆，但這份量足足比我們原先那一顆還大上一些。他給我們及阿婆各一大片享用，這西瓜果真甜到不行，好吃極了。

　　「偆ㄟ呼恁裝起來提走！」
　　「免啦～傷大粒提袂走啦」。扛著西瓜騎腳踏車，實在不是件容易的事，萬一失衡跌個四腳朝天也挺丟人的。
　　「拿去啦～免客氣～」，伯伯堅持的說。

　　阿婆連忙說，之前有一個獨自環島騎單車的男生，也向她買了個西瓜。他在西瓜的上方開了一個口，然後用湯匙挖來吃。吃不完的就用袋子裝起來，掛在把手上帶走。

　　「沒問題啦～那少年嘛安呢！」，阿婆給我們信心打氣。
　　「安呢～分二半好了，卡小粒，阮卡好提。」，既然都有成功先例，而阿伯的盛情難卻，也不好意思再拒絕。

　　我們注意到阿伯的攤子還有販賣芭蕉。補充香蕉是很重要的，於是便向他買了一些。既然都要扛西瓜，那就把芭蕉一塊帶走吧，掛兩邊至少也會平衡些。就這樣，我們腳踏車的左右把手上，各自掛了一袋西瓜一袋芭蕉。

除了西

「頂改彼個少年人，將西瓜掛上去時陣，歸台車攏翻倒，我還鬥相共扶起來。」，準備要上路時阿婆才補充說。我們聽了又好氣又好笑，阿婆怎麼不早講呀，之前一直說沒問題，結果那個年輕人也翻車。

撫著飽漲的肚子，我們搞笑的上路。其實並沒有想像中的難騎，只是在剛起步時容易搖晃，西瓜撞爛機會也多一些罷了。

「等會加油站停一下。」我說。

「嗯，我也需要。」小姍回。

還記得出發前，我們特地去檳榔攤後方的臨時流動廁所小解，沒想到上路才不到五分鐘，兩人又按耐不住尿意。往永康的路上，我們被迫停了好幾個加油站。沒辦法，誰叫我們愛啃西瓜呢！

還有芭蕉可以買哦！

後壁阿嬤的厝

後壁，這裡光聽地名就味道十足的地
方，果然沒有辜負我的想像，這一路上
發現不少有意思的古厝……

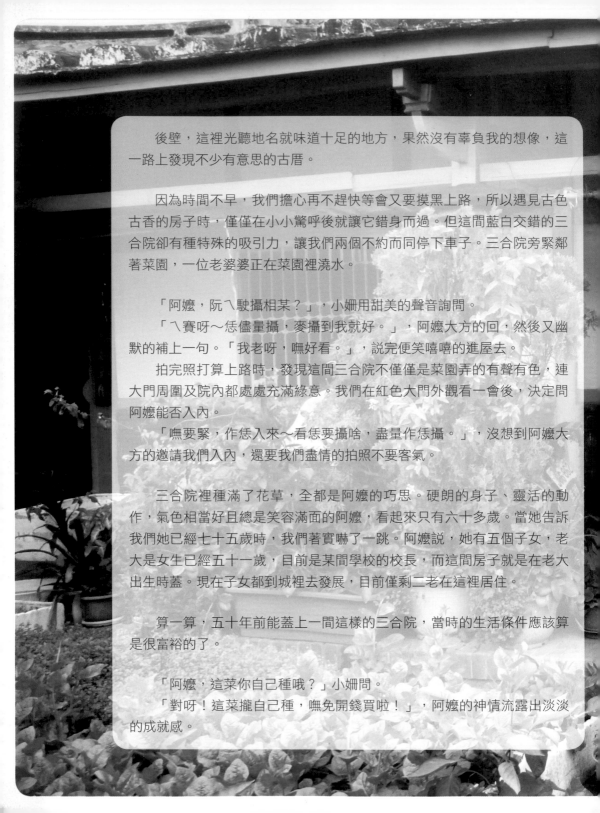

　　後壁，這裡光聽地名就味道十足的地方，果然沒有辜負我的想像，這一路上發現不少有意思的古厝。

　　因為時間不早，我們擔心再不趕快等會又要摸黑上路，所以遇見古色古香的房子時，僅僅在小小驚呼後就讓它錯身而過。但這間藍白交錯的三合院卻有種特殊的吸引力，讓我們兩個不約而同停下車子。三合院旁緊鄰著菜園，一位老婆婆正在菜園裡澆水。

　　「阿嬤，阮ㄟ駛攝相某？」，小姍用甜美的聲音詢問。
　　「ㄟ賽呀～恁儘量攝，麥攝到我就好。」，阿嬤大方的回，然後又幽默的補上一句。「我老呀，嘸好看。」，說完便笑嘻嘻的進屋去。
　　拍完照打算上路時，發現這間三合院不僅僅是菜園弄的有聲有色，連大門周圍及院內都處處充滿綠意。我們在紅色大門外觀看一會後，決定問阿嬤能否入內。
　　「嘸要緊，作恁入來～看恁要攝啥，盡量作恁攝。」，沒想到阿嬤大方的邀請我們入內，還要我們盡情的拍照不要客氣。

　　三合院裡種滿了花草，全都是阿嬤的巧思。硬朗的身子、靈活的動作，氣色相當好且總是笑容滿面的阿嬤，看起來只有六十多歲。當她告訴我們她已經七十五歲時，我們著實嚇了一跳。阿嬤說，她有五個子女，老大是女生已經五十一歲，目前是某間學校的校長，而這間房子就是在老大出生時蓋。現在子女都到城裡去發展，目前僅剩二老在這裡居住。

　　算一算，五十年前能蓋上一間這樣的三合院，當時的生活條件應該算是很富裕的了。

　　「阿嬤，這菜你自己種哦？」小姍問。
　　「對呀！這菜攏自己種，嘸免開錢買啦！」，阿嬤的神情流露出淡淡的成就感。